Josephine Siebe

Neue Kindergeschichten aus Oberheudorf

Fünfzehn heitere Erzählungen

Josephine Siebe

Neue Kindergeschichten aus Oberheudorf
Fünfzehn heitere Erzählungen

ISBN/EAN: 9783337361778

Hergestellt in Europa, USA, Kanada, Australien, Japan

Cover: Foto ©Andreas Hilbeck / pixelio.de

Weitere Bücher finden Sie auf **www.hansebooks.com**

Neue
Kindergeschichten
aus Oberheudorf

Muhme Lenelies und ihre Freunde.

Neue Kindergeschichten aus Oberheudorf

❦❧

Fünfzehn heitere Erzählungen

von

Josephine Siebe

Verfasserin der „Oberheudorfer Buben- und Mädelgeschichten"

Mit vier farbigen Vollbildern und zahlreichen
Textillustrationen
von Carl Schmauk

Stuttgart

Verlag von Levy & Müller

5

Druck: Chr. Verlagshaus, Stuttgart.

Inhalt.

Einleitung.
Warum noch ein Buch geschrieben wurde.

An einem Wintertag, an dem es draußen schneite und wehte, als hätte der Winter Sehnsucht, ein paar erfrorene Nasen zu sehen, saß der Schullehrer von Oberheudorf in seinem Wohnzimmer und las seiner Frau aus einem Buche vor. Die Kälte und der Sturm draußen kümmerten sie alle beide nicht, sie lachten einmal laut, einmal leise, und die Frau Lehrerin rief manchmal: „Na, so etwas!" und ihr Mann nickte dann und sagte vergnügt zwischen Vorlesen und Lachen: „Es stimmt, es stimmt! Wirklich, so ist es gewesen, ganz genau so!"

Einmal sahen beide auch traurig drein, und die Frau wischte sich verstohlen ein paar Tränlein aus den Augen, und dann wurden sie alle beide wieder vergnügt und waren so eifrig zusammen, er beim Lesen und sie beim Zuhören und Strümpfestopfen, daß sie gar nicht hörten, als es draußen klopfte. Erst als das Klopfen stärker wurde, hörte der Lehrer auf zu lesen, und seine Frau ging und öffnete die Türe. Herein kam ein altes Weiblein, das hatte ein rotes Kopftuch um und ein so liebes, freundliches Gesicht, als wäre die Sonne seine allerbeste Freundin. Die Lehrersleute riefen ihr auch recht vergnügt entgegen: „Ei, guten Abend, Muhme Lenelies! Das ist recht, daß Sie sich mal sehen lassen. Sie kommen just auch gerade wie gerufen!"

Muhme Lenelies mußte sich an den Ofen setzen, und die

Hausfrau brachte ihr geschwind eine Tasse heißen Kaffee und ein Stück Wecken, und als die Alte nun so recht vergnügt und behaglich dasaß, nahm der Herr Lehrer das Buch und las ihr etwas daraus vor.

Da staunte aber die gute Muhme Lenelies. Sie schlug die Hände zusammen und rief: „Ih nä, die Geschichte ist doch hier in Oberheudorf passiert, nu ganz gewiß! Daß mir mein Friede, mein Herzensjunge, in den Suppentopf gefallen ist, das muß ich doch wissen!"

„Freilich, freilich," lachte der Lehrer und zeigte der alten Frau das hübsch eingebundene Buch. „Da lesen Sie nur einmal!" Ein bißchen mühsam und stotternd buchstabierte die Muhme, denn es war schon lange, lauge her, seit sie in der Schule lesen gelernt hatte: „Oberheudorfer Buben- und Mädelgeschichten."

„Was sagen Sie dazu, Muhme? Lauter Geschichten von unsern Buben und Mädeln stehen in dem Buch," rief die Lehrersfrau. „Von Heine Peterle, wie er zum ersten Male in die Stadt gegangen ist, und von Schulzens Jakob, von den drei Frieden, von Annchen Amsee, Röse und Mariandel, selbst von Schnipfelbauers Fritz, diesem unnützen Strick, wird darin geschrieben. Und auch Sie kommen darin vor, Sie und Ihr Häusel und mein Mann und ich und sogar, kaum zu glauben ist's, auch der Herr Schulrat."

„Jemine, jemine," rief die Muhme, „so etwas ist mir in meinem Leben noch nicht passiert. Ein Buch, ein richtiges Buch ist über Oberheudorf geschrieben worden? Potztausend noch mal, da wird ja unser Dorf bekannt werden wie ein bunter Hund oder wie die Schimmel von unserm Herrn Grafen, die auch jeder Mensch in der Gegend kennt." Plötzlich aber machte Muhme Lenelies ein ganz ängstliches Gesicht und fragte zaghaft: „Aber liebste, beste

Frau Lehrer, sagen Sie mir nur, kommt mein Häusel auch sauber darin vor? 's wäre mir doch zu schrecklich, wenn jemand sagen möchte, ich hätte nicht reine gemacht."

„Na, wer sollte das wohl sagen?" meinte die Lehrersfrau. „Bei Ihnen sieht es doch immer blitzsauber aus, Muhme. Aber wissen Sie, die Geschichte, wie Ihre Ziege Friederike sich betrunken hat, steht auch im Buche."

„Du meine Güte!" schrie die Alte entsetzt. Sie stellte in ihrer Verwirrung die Kaffeetasse neben die Bank, – plumps, lag die Tasse unten, und es gab eine kleine braune Überschwemmung, worüber die gute Muhme noch verlegener wurde. Sie stammelte tausend Entschuldigungen, und die Lehrersleute mußten sie richtig trösten. Dann aber wollte Muhme Lenelies wissen, was für Geschichten noch im Buch stünden, und der Herr Lehrer erzählte und las vor, und alle drei staunten, lachten, freuten sich, schauten die Bilder an, und es war ihnen, als kämen so nach und nach alle Oberheudorfer Kinder hereinspaziert. Auf einmal sagte die Frau Lehrerin: „Von dem Hünengrab steht doch nichts drin, und was die Mädel dabei für eine Dummheit gemacht haben!"

„Nein," erwiderte ihr Mann, „die Geschichte fehlt. Ach, es fehlen überhaupt noch viele, viele Geschichten. Vom Theaterspiel ist nichts geschrieben worden und nichts davon, wie Heine Peterle und Schulzens Jakob Gespenster gesehen haben."

„Und die Geschichte fehlt auch, wie es dem Kohlbauern und unsern Kindern zu Fastnacht ergangen ist," rief die Muhme, „und von dem Nachtwächter ist auch nichts erzählt worden."

„Ein paar von Muhme Lenelies' Märchen könnten auch

noch drin stehen," meinte die Frau Lehrerin, „die gefallen mir gerade so gut."

Die Muhme wehrte bescheiden ab, aber der Herr Lehrer gab seiner Frau recht. Nachdenklich sagte er: „Es gäbe freilich ein sehr, sehr dickes Buch. Eigentlich könnte noch ein Buch geschrieben werden, Geschichten genug sind in den letzten Jahren in Oberheudorf passiert."

„Es passiert wirklich erstaunlich viel," rief Muhme Lenelies stolz. „Ich sag's ja immer, unser Oberheudorf ist ein ganz besonderes Dorf. Wenn jemand angefangen hat, etwas davon zu schreiben, dann soll er es auch ordentlich tun, und wenn ich der Herr Lehrer wäre, dann wüßte ich, was ich täte: Ich setzte mich hin, schrieb in die Stadt, dahin, wo das Buch gedruckt worden ist, es möchte geschwind jemand herkommen und noch alle die Geschichten aufschreiben, die hier nicht drin stehen."

„Muhme Lenelies hat recht," sagte die Lehrersfrau und goß der Alten schnell die dritte Tasse Kaffee ein. „Tu es doch, lieber Mann! Gefällt den kleinen Leuten draußen in der weiten Welt ein Buch von Oberheudorf, so gefällt ihnen wohl auch ein zweites."

Der Lehrer lachte herzlich; er nahm eine Feder, tauchte sie in sein Tintenfaß und schrieb eins, zwei, drei den verlangten Brief. „Er wird schon etwas nützen," sagte die Muhme, stand auf und wickelte sich wieder fest in ihr Umschlagtuch, denn es war Zeit zum Heimgehen. Mit vielen Dankesworten nahm die Muhme Abschied. Den Brief versprach sie beim Wirt Kaspar auf dem Berge abzugeben, der fuhr am nächsten Morgen zur Stadt und sollte ihn dort zur Post bringen.

Und Muhme Lenelies ging heim. An diesem Tage aber

nahm der kurze Weg schier kein Ende, denn wen die alte Frau sah, wer nur seine Nase zur Haustür heraussteckte, der bekam geschwind die Geschichte von dem Buche zu hören. Alle staunten und freuten sich, waren stolz und sagten wie die Muhme: „Hoffentlich gibt es noch ein zweites Buch! Wenn schon, denn schon. Von unsern Oberheudorfer Buben und Mädeln kann man wirklich noch mehr Geschichten erzählen.

Ein Fastnachtsscherz.

Für die Kinder von Oberheudorf gibt es mancherlei Feste, die Stadtkinder gar nicht kennen; freilich haben diese dafür auch Vergnügungen und Freuden, von denen die Oberheudorfer kein Tipfelchen besehen. Denen nun war einer der liebsten Tage im Jahre der Fastnachtsdienstag. Potzwetter, ging es da lustig im Dorfe zu! Jeder Bube, jedes Mädel verkleidete sich, so nannten sie es wenigstens. Eins setzte sich einen Papierhelm auf, das andere eine aus bunten Flicken zusammengesetzte Narrenkappe oder zog gar ein Hanswurströcklein an. Heine Peterle, den sie den Städter nannten, weil er einmal hatte gern in die Stadt ziehen wollen, stolzierte immer als König auf der Dorfstraße herum. Er besaß einen roten Lappen mit ein bißchen Goldborte besetzt, das war der Königsmantel, dazu hatte ihm seine Muhme Rese einmal eine Krone aus Goldpapier geschenkt. Hei, wie trug der Bube an diesem Tage seine kleine Stupsnase hoch, wie klapperte er mit seinen Holzpantoffeln! Ungeheuer wichtig kam er sich vor.

„Was wahr ist, muß wahr bleiben," sagte Muhme Rese einmal zu Muhme Lenelies, dieser guten Freundin aller Oberheudorfer Kinder, die in einem windschiefen Häuschen am Dorfende wohnte, „unser Heine Peterle hat was Vornehmes an sich, wenn er so als König herumrennt."

„Ja," hatte Muhme Lenelies lachend erwidert, „nur daß er sein halbes Musbrot im Gesicht hat, will mir nicht gefallen."

„So 'ne Kleinigkeit!" hatte da Muhme Rese gebrummt. Sie war dann aber doch fix ins Haus gelaufen, hatte ein nasses Handtuch geholt, und als Heine Peterle wieder mit stolzer Königsmiene am Haus vorbeikam, da hatte sie ihn geschwind erwischt und ihm eins, zwei, drei mit dem nassen Lappen den Musbart aus dem Gesicht gewischt. Heine Peterle hatte mächtig gebrüllt, – welcher König läßt sich aber auch so etwas gefallen!

Nun war wieder einmal die Fastenzeit herangerückt. Etliche Tage vor dem Fastnachtstag stand ein Häuflein Kinder auf der Dorfstraße zusammen, sie warteten alle auf Schulzens Jakob und seine Schwester Röse. Die Geschwister sollten von ihrem Vater eine Bestellung in Niederheudorf ausrichten, und die andern wollten sie begleiten. Nach Niederheudorf, das größer und stattlicher als Oberheudorf war, gingen die Buben und Mädel gern, obgleich sie eigentlich immer mit den Niederheudorfer Kindern Streit hatten. Einmal ging es um das Vogelschießen, das in Niederheudorf abgehalten wurde, und auf das alle Einwohner so stolz waren wie etwa die Berliner auf ihren Tiergarten; ein anderes Mal behaupteten die Oberheudorfer, ihre Schulweihnachtsfeier wäre schöner; dann wieder sagten die Niederheudorfer, bei ihnen könnte man alles einkaufen, denn es gab drei Krämer im Ort, Oberheudorf aber hatte nur einen. Trotz alledem liefen die Oberheudorfer Buben und Mädel gar geschwind, wenn sie in das Nachbardorf gehen durften. Sie gingen aber meist truppweise, denn man konnte nicht wissen, die Niederheudorfer verstanden das Balgen gar zu gut und teilten gern ein paar Püffe aus.

„Wo sie nur bleiben?" sagte Schnipfelbauers Fritz, von dem Muhme Lenelies immer behauptete, er wäre sehr naseweis.

Heine Peterle, Anton Friedlich, der blaue Friede, der nicht blau war, nur seine Hosen waren es, und der dicke Friede, der auch nicht dick war, erhoben ihre Stimmen und schrieen: „Jakob, Röse, wo bleibt ihr denn?"

„Schreit doch nicht so!" sagte Annchen Amsee, und ihre nußbraunen Augen sahen wie lauter Vergnügen drein. Waldbauers Mariandel, Krämers Trude und Bäckermeisters Mariele, die natürlich auch dabei waren, quiekten: „Wie ihr auch seid! Buben müssen immer brüllen."

Ehe sich die Buben noch gründlich und nachdrücklich gegen diesen Vorwurf verteidigen konnten, kamen die Schulzenkinder aus dem Hause gelaufen, Jakob schwenkte einen großen Brief in der Hand und sagte wichtig: „Den muß ich abgeben!"

„Na, dann mal los!" schrie Anton Friedlich, und die Kinder marschierten vergnügt die Dorfstraße hinab. Muhme Lenelies saß an ihrem Fenster, sie sah die Schar kommen und rief geschwind ihrem Pflegesohn zu, den sie im Dorf den Traumfriede nannten: „Du, Friede, lauf schnell mit, die gehen nach Niederheudorf; kannst dort mal rumfragen, ob jemand etwas in der Stadt besorgt haben will."

Muhme Lenelies tat nämlich mitunter Botengänge, und die Bauernfrauen ließen sich gern allerlei von ihr einkaufen, denn sie meinten, so gut wie die Muhme verstünde dies niemand sonst. Die schwierigsten Sachen besorgte die alte Frau, die in der Stadt so gut Bescheid wußte wie in ihrem Häusel. Was für wichtige Dinge hatte sie aber da auch schon besorgen müssen! Sie war sogar mit der Niederheudorfer Schulzentochter das Brautkleid einkaufen gegangen, und die reiche Schnipfelbäuerin sagte, die Muhme wäre der reine Minister, so gut konnte sie Rat geben.

Friede ließ sich das Fortgehen nicht zweimal sagen, schwippdiwupp war er draußen. Dort wurde er mit großem Geschrei von den andern Kindern empfangen. Vor einem halben Jahr noch war Traumfriede immer einsam gewesen, da hatte er als Pflegesohn bei dem Kohlbauern ein gar jämmerliches Dasein geführt, seitdem er aber bei Muhme Lenelies sein durfte, war er ein lustiger Bube geworden, der nicht mehr scheu zur Seite stand, wenn die andern Kinder spielten.

Unterwegs sprachen sie alle von Fastnacht. Es herrschte in Oberheudorf die Sitte, daß die Kinder am Fastnachtstage von Haus zu Haus gingen, ein Sprüchlein sagten und dafür Pfannkuchen, Fastnachtswecken, auch wohl einen Kreisel, bunte Tonkugeln oder dergleichen erhielten. Auf diesen Umgang freuten sie sich immer alle sehr und konnten es an diesem Tage noch weniger als sonst erwarten, bis die Schule aus war, denn gleich nach dem Mittagessen begann der Umgang. Merkwürdigerweise wußten die Kinder immer schon genau vorher, welche Kuchensorte diese und welche jene Bäuerin gebacken hatte, und daß es da Zuckerstangen gab und dort getrocknete Pflaumen, dort viel zu holen sei, in jenem Hause weniger.

„Aber zum Kohlbauern gehe ich nicht wieder," sagte auf einmal Heine Peterle, „nä, da gibt's immer so wenig."

„Mir hat er voriges Jahr nur eine Backbirne gegeben, und die war madig," schalt der dicke Friede, noch jetzt darüber empört.

„Er ärgert sich immer über den Tag," sagte Traumfriede nachdenklich.

Voriges Jahr war er noch bei dem geizigen Bauern gewesen; er hatte wie alle Kinder seinen Bittgang tun dürfen, als er aber mit seinem gefüllten Säcklein heimgekommen war, da hatte es ihm der Bauer abgenommen, und er hatte nichts von all den Herrlichkeiten mehr gesehen. Wie jetzt die Kinder so miteinander sprachen, dachte er an jene bittere Enttäuschung und erzählte Waldbauers Mariandel, die neben ihm ging, die Geschichte. Annchen Amsee hatte auch zugehört, und sie war es, die plötzlich entrüstet rief: „Nein, pfui, der Kohlbauer ist aber doch zu abscheulich, hört nur!“

Trotzdem Friede bat, sie möchte schweigen, erzählte Annchen doch empört die Geschichte, und alle andern brachen in ein lautes Entrüstungsgeschrei aus. „Wir gehen nicht hin,“ riefen sie einmütig.

Nur Schnipfelbauers Fritz sagte lachend: „Ich gehe gerade hin. Wenn wir nicht kommen, freut sich doch der Kohlbauer nur.“

Sehr erstaunt sahen die andern Fritz an. Ja, der hatte wohl recht. Sie blieben vor lauter Aufregung mitten auf der Landstraße stehen, schalten auf den Kohlbauern, stritten, ob sie hingehen sollten, und merkten darüber gar nicht, daß ein Wagen angefahren kam. Darauf saß Friede Hopserling, der Müllerknecht, der große Friede, wie ihn die Kinder nannten. Der Knecht war auf seinem Wagen ein bißchen eingenickt, sein Pferd kannte den Weg so gut wie er, und da es bergauf ging, hatte die brave schwarze Grete auch keine Lust, sehr schnell zu laufen. Daß man in eine schwätzende Kinderschar nicht mitten hineinfahren darf, wußte Grete anscheinend, sie blieb plötzlich stehen, und darüber wachte Friede Hopserling auf. „Na, was gibt's denn?“ fragte er verdutzt.

„Friede, hör nur!“ – „Pfui, der Kohlbauer!“ – „So abscheulich ist er,“ schrien die Kinder durcheinander, und es hätte einer schon viel klüger sein müssen, als Friede Hopserling war, um zu wissen, was das Geschrei eigentlich bedeuten sollte. Nach und nach bekam er es doch heraus, und nun machte Friede seine Zwinkeraugen.

Das tat er gern, wenn es galt, jemand zu necken. Friede Hopserling war zwar nicht gerade ungeheuer klug, aber er hatte es hinter den Ohren, faustdick sogar. Er sagte auch jetzt mit einem heimlichen, verschmitzten Lachen: „Freilich müßt ihr hingehen, ihr und – die Niederheudorfer auch. Die sind doch immer dabei, wenn es etwas zu holen gibt."

„Aber beim Kohlbauern gibt es doch nichts! Muhme Rese sagt, so viel kann eine Maus allemal auf ihrem Schwanz forttragen," rief Heine Peterle entrüstet.

„Na ja, eben darum!" Friede Hopserling grinste vergnügt, blinzelte und zwinkerte mit den Augen, sagte hühhott, sein Pferd zog den Wagen an, und fort ging es.

Erst starrten die Kinder ihm ganz verblüfft nach. Was meinte nur der Müllerknecht? Dann aber kam ihnen nach und nach das Verständnis für diese Schelmerei. Anton Friedlich und Schnipfelbauers Fritz begriffen zuerst, was Friede gemeint hatte. Sie brachen in ein förmliches Freudengeheul aus und schrieen: „Wir wollen den Niederheudorfern sagen, beim Kohlbauern kriegten sie was Feines. Hurra, hurra, das wird ein Spaß!" Die Buben waren gleich alle dafür, selbst Traumfriede meinte, die Neckerei sei nicht schlimm; auch einige Mädel stimmten in den Jubel ein, nur Waldbauers Mariandel und Schulzens Röse wollten nicht recht mittun.

„Alte Zimpersusen," schrie Heine Peterle entrüstet, und Annchen Amsee, die vor Vergnügen über diesen neuen Spaß immer von einem Bein auf das andere hüpfte, schalt: „Ach, seid doch keine Spielverderber!"

So sehr zuzureden brauchten die andern nicht, die beiden Mädel willigten bald ein, und dann ging es weiter, so geschwind sie nur alle laufen konnten, auf Niederheudorf zu. Ganz atemlos kamen sie alle an den ersten Häusern des stattlichen Dorfes an, und da standen auch gleich drei Buben. Die sahen die Oberheudorfer kommen und riefen spottend: „Na, wo kommt ihr denn her? Wollt wohl Einkäufe bei uns machen? Freilich, bei euch kriegt man ja nichts!"

Aber die Oberheudorfer ließen sich nicht verblüffen, sie taten ganz freundlich, hatten nicht, wie es wohl sonst geschah, schnippische Widerreden, sondern erzählten ganz friedlich, was sie vorhätten, und dann sprachen sie auch von Fastnacht. Es waren inzwischen mehr Kinder herangekommen; alle standen sie in einem Hümpelchen zusammen, und über alle hinweg hörte man Anton Friedlichs Stimme gellen. Der Bube erzählte von Fastnacht, und am Schluß sagte er: „Beim Kohlenbauern gibt es den besten Kuchen!"

„Na, ich denke, der ist geizig," rief ein langer Niederheudorfer Bube.

„Freilich," sagte Anton Friedlich geschwind, „sonst schon, an Fastnacht aber, da läßt er etwas draufgehen. Kommt ihr denn dieses Jahr etwa zu uns?"

„Wir wissen es noch nicht," sagten die Niederheudorfer und schauten sich an. Mitunter nämlich gingen die Kinder auch in die Nachbardörfer; es gab zwar manchmal Streit darum, aber wenn die Kinder wußten, daß in diesem oder jenem Hause besonders reichlich für Fastnachtskuchen gesorgt worden war, dann kamen sie wohl auch dorthin aus einem Nachbardorf.

Anton Friedlich, der wußte, – er hatte es nämlich ausprobiert, – daß Verbieten manchmal recht wenig nützt, rief keck: „Aber das sage ich euch, zum Kohlbauern dürft ihr nicht, dem sein Kuchen gehört uns. Es gibt Prügel, wenn ihr kommt."

Ein Hohngelächter antwortete den Buben. Die Oberheudorfer aber scherten sich nicht daran, sie behaupteten plötzlich, sie müßten geschwind heim, und eilten alle in das Dorf hinein, ihre Geschäfte zu besorgen. Als sie auf dem Heimweg waren, liefen eine Anzahl Niederheudorfer Kinder ihnen nach und schrieen: „Auf Wiedersehen zu Fastnacht, wir kommen zum Kohlbauern."

„Wir leiden's nicht," riefen die Oberheudorfer drohend zurück. Dann begannen sie zu rennen, damit nur die Niederheudorfer nicht sehen sollten, wie sehr sie lachten. Erst an einem großen Birnbaum, der auf halbem Wege zwischen den beiden Dörfern stand, blieben sie stehen, um sich auszulachen. Von den Niederheudorfern war nichts mehr zu sehen, die hatten das Nachrennen aufgegeben, die standen zusammen und berieten, daß sie zu Fastnacht nach Oberheudorf zum Kohlbauern gehen wollten.

Der Kohlbauer war stets an Festtagen, an denen andere Leute vergnügt und lustig sind, schlechter Laune. Er ärgerte sich, daß Knecht und Magd feierten, er ärgerte sich über den Festkuchen, der gebacken wurde, obgleich er immer tüchtig davon aß, er ärgerte sich eigentlich über die Fliege an der Wand. Am allerärgerlichsten war er aber zu Fastnacht. Seiner Meinung nach war das gar kein Fest, sondern ein Unsinn, und wenn jemand nur das Wort Fastnacht aussprach, dann zog er gleich ein Gesicht, als hätte er einen Liter Essig auf einmal ausgetrunken. Seine einzige Freude war, wenn es an diesem Tage recht regnete oder schneite; je toller das Wetter dann war, desto vergnügter schaute er drein. In diesem Jahre nun war das Wetter am Fastnachtsdienstag aber so schön, als hätte es Muhme Lenelies, die immer allen Kindern nur Gutes gönnte, bestellt. Am frühen Morgen schon hatte die Sonne ihre Vorhänge weit aufgezogen. Kein Wölkchen war am blauen Himmel zu sehen, und die Sonnenstrahlen tanzten auf die Erde herunter, als wollten sie auch Fastnacht feiern.

Man spürte schon den Frühling an allen Ecken und Enden, obgleich er doch eigentlich noch gar kein Recht zu kommen hatte. In Oberheudorf redeten alle von Fastnacht und Frühling durcheinander, Muhme Rese sagte: „Er kommt," und Heine Peterle antwortete: „Er ist doch schon da!" Da meinte halt Muhme Rese den Frühling und Heine Peterle den Fastnachtstag. Der Herr Lehrer freilich schob die Unruhe an diesem Tage nicht auf den Frühling, sondern auf die Fastnachtsfreude, und wunderlicherweise schien er an diesem Tage manches heimliche Schwätzen und Kichern gar nicht zu hören; zum Schluß wünschte er auch allen Kindern noch viel Vergnügen.

Daran fehlte es auch nicht. Mit solchem Jubel und Geschrei stürmten die Kinder heimwärts, daß es selbst Schuster Pechdrahts Nero zu viel wurde, der sonst ein sehr duldsamer Hund war; bellend stürzte er zwischen die Kinder. Ach, aber was kümmerten sich die darum. Die ließen den Nero bellen und die andern Hunde dazu. Fix waren sie in den Häusern drin, und kaum hatten sie den letzten Bissen vom Mittagessen hinuntergeschluckt, da liefen sie schon hinaus, und vor dem Wirtshaus „Zur himmelblauen Ente", das dem Wirt Kaspar auf dem Berge gehörte, trafen sie sich alle miteinander. Nun begann der Umgang. Immer drei und vier gingen zusammen, die einen rechts, die andern

links, die einen geradeaus, die andern im Bogen, und bald
erscholl vor den Türen das Singen:

> „Wir gehen vor des Bauern Haus,
> Die Bäurin sieht zum Fenster raus,
> Sie schaut so freundlich drein –
> Rira, freundlich drein.
>
> Ach, schenk uns was ins Beutelein,
> Ins Beutelein hinein.
> Schenk uns Wein, schenk uns Weck,
> Wir kehren euch morgen die Asche weg,
> Rira, Asche weg!"

Alle Kinder fanden dieses Verslein, das schon ihre Väter
und Mütter in ihrer Jugend gesungen hatten, wundervoll
und sangen es aus lauter Freude daran manchmal dreimal
vor einem Haus.

Die Bäuerinnen schauten auch wirklich meist freundlich
zum Fenster hinaus, neckten auch wohl erst die Kinder ein
Weilchen, taten, als verstünden sie den Bittgesang nicht,
und brachten dann doch die Fastnachtsgaben herbei.
Freilich, Wein gab es nie, das schadete aber auch nichts, die
Kinder baten doch immer darum. So allgemach füllten sich
die Säcklein, auch der Magen wurde nicht vergessen, und
mancher Pfannkuchen bekam erst gar nicht den Sack zu
sehen. –

Als die Kinder so eine Stunde herumgezogen waren, sagte
Heine Peterle zu Annchen Amsee: „Ob sie wohl kommen?"

Zu gleicher Zeit reckte Schnipfelbauers Fritz seine Nase in
die Luft und meinte: „Na, nun könnten die Niederheudorfer
bald da sein!"

„Sie kommen vielleicht nicht," erwiderte Krämers Trude,

„sie haben es vielleicht gemerkt."

Aber sie kamen doch. Anton Friedlich, der mit Schulzens Jakob immer mal zwischen dem Einsammeln bis zu Muhme Lenelies' Häuschen gelaufen war, von wo aus man den Weg nach Niederheudorf ein Stückchen weit übersehen konnte, rief es zuerst: „Sie kommen!" Es war, als ob jemand mit einem Stock in einen Ameisenhaufen gestoßen hätte, so kribbelten und krabbelten die Kinder alle durcheinander; eins rief es dem andern zu, und mit einem Male sahen die Dorfbewohner zu ihrem großen Erstaunen, wie von überall her Buben und Mädel kamen und nach des Kohlbauern Hof liefen. Dieser große, stattliche Bauernhof lag etwas über dem Dorf auf einer mäßigen Anhöhe, weiter links davon lag dann der Waldbauern-Hof, wo das Mariandel daheim war.

„Nun möchte ich nur wissen, was die Kinder wollen," sagte die Waldbäuerin zur Schulzenfrau, die als erster Gast zu einem Fastnachtskaffee zu ihr gekommen war.

Die Kinder gingen aber nicht zum Kohlbauern hinein, sondern stellten sich alle auf eine Wiese, ein Stück abseits vom Hause. Sie zeigten einander ihre Säckchen, taten ganz ungeheuer wichtig und schienen gar nichts, auch rein gar nichts von dem zu merken, was um sie herum vorging. Dabei entstand nach einem Weilchen ein ziemlicher Lärm. Schwatzend und lachend kamen etwa zwanzig Niederheudorfer Buben und Mädel den Berg heraufgezogen. Die hatten gemeint, es sei doch vielleicht lohnend, dem Kohlbauern einen Besuch abzustatten. Sie schauten nicht links und nicht rechts, sondern zogen schnurstracks auf das Haus zu. Sie gingen immer paarweise, schwenkten ihre Säcklein erwartungsvoll und begannen laut zu singen:

> „Wir wünschen dem Bauern einen
> goldenen Tisch,

Darauf soll stehen ein gebratener Fisch,
Kuchen und Brot und güldener Wein.
Eia, da wollt' ich zu Gaste sein!
Mög' sich die Bäurin bedenken,
Und uns nun auch was schenken!"

„Nä, so ein dummer Vers," brummte der dicke Friede, und die andern stimmten ihm eifrig zu: „Sehr dumm, unser Lied ist viel feiner!"

Die Niederheudorfer aber fanden wieder ihr Sprüchlein, das auch schon ihre Väter und Mütter gesungen hatten, wundervoll und warteten sehr gespannt auf den Kuchen des Kohlbauern.

Der Bauer war an diesem Tage noch griesgrämiger als sonst, er ärgerte sich, daß Fastnacht war, daß die Sonne schien, daß alle Leute vergnügt aussahen, am meisten aber ärgerte er sich, daß alle Leute ihn geizig nannten. Er war es, aber wie das oft so geht, er wollte nicht dafür gelten. Nun hatte ihn am Tage vorher der Schulze so recht spöttisch gefragt, ob er auch guten Fastnachtskuchen hätte backen lassen. Des Kohlbauern Frau war schon lange tot, und eine Haushälterin, ein gutes, braves Weib, führte ihm die Wirtschaft. Zu der hatte er denn am Abend vorher fuchswild gesagt: „Wenn Kinder kommen, gib reichlich!"

Das hatte sich Frau Marthe nun nicht zweimal sagen lassen, und in aller Morgenfrühe hatte sie schon eine tüchtige Schüssel Teig eingerührt und köstliche große Zuckerbrezeln gebacken. Den Bauern hatte das freilich sehr geärgert, er wollte aber doch nicht sein Wort zurücknehmen. Seit ihm die Bauern den Traumfriede fortgenommen hatten, weil er den armen Waisenjungen zu schlecht gehalten, hätte er dem Dorf gern einmal gezeigt: „Seht, ich, der Kohlbauer, bin gar nicht so geizig, wie ihr denkt."

Der Geruch des frisch gebackenen Kuchens durchzog an diesem Tage lecker das Haus, und der Bauer dachte ingrimmig: „Hoffentlich kommen nicht viel Kinder. Es wäre jammerschade, ihnen die Kuchen zu geben."

Nach Tisch war der Bauer gleich hinter das Haus gegangen und hatte angefangen, Holz zu spalten. Mitten in seiner Arbeit hörte er plötzlich das Singen der Niederheudorfer. Bums, hieb er wütend mit der Axt auf ein großes Stück Holz, daß es gleich auseinandersprang. „So eine dumme Singerei!" schimpfte er.

Die Oberheudorfer Buben und Mädel hatten sich schon auf die langen Gesichter der Niederheudorfer gefreut, als sie auf einmal sahen, wie Frau Marthe ihnen Zuckerbrezeln austeilte.

Potzwetter noch einmal, sahen die verlockend aus!

„Wir gehen auch hin," rief Heine Peterle stürmisch, und rasch rannten alle auf das Haus zu. Dort aber standen die Niederheudorfer wie eine Mauer, sangen, so laut sie konnten, und ließen die Oberheudorfer einfach nicht heran. „Jetzt sind wir da," sagten ein paar Buben patzig.

Aber schließlich waren die Niederheudorfer doch mit ihrem Bittgesang fertig, und die Oberheudorfer drängten sich herzu. Frau Marthe erschrak; die schönen Kuchen waren schon verschwunden, und noch so viele, viele Kinder kamen, aber der Bauer hatte doch gesagt, sie sollte reichlich geben. Rasch lief sie darum in die Vorratskammer, holte Backobst herbei und begann damit die bittenden Hände zu füllen. Das gab lange Gesichter. Backobst hatten die Oberheudorfer Kinder schon in ihren Beuteln genug, aber solche leckere Zuckerbrezeln noch nicht, und die verspeisten nun die Niederheudorfer vor ihren Augen mit rechtem Behagen.

„Es ist zu frech von ihnen, zu uns zu kommen," murrten die Buben, und die Mädel brummten mit, und dabei vergaßen sie alle miteinander, daß sie doch die Gäste herbeigelockt hatten.

Krach, krach, hieb hinten auf dem Hofe der Bauer wütend ein Stück Holz nach dem andern entzwei. Nahm denn die Singerei noch kein Ende? Endlich war es mit seiner Geduld vorbei; er stürmte hinaus und erschien plötzlich mit einem so wütenden Gesicht vor den Kindern, daß die Buben und Mädel aus Oberheudorf, die ihn kannten, geschwind ihr Backobst im Stich ließen und, so schnell sie konnten, ausrissen. Dem dicken Friede blieb vor Schreck eine Pflaume im Halse stecken, und Annchen Amsee verschluckte einen Birnenstiel. Wie schalt aber auch der Kohlbauer!

„Nä, seht nur," sagte drüben die Waldbäuerin zu ihren Besucherinnen, „so ein alter, unwirscher Kerl! Den Niederheudorfer Kindern läßt er Zuckerbrezeln geben und unsere jagt er weg!"

„Na, der soll mir nur kommen," rief die Schulzenfrau empört, „der ist ja eine Schande für das ganze Dorf."

Das sagten an diesem Nachmittag alle Leute im Dorf. Frau Marthe, des Kohlbauern Haushälterin, sagte es auch, denn der Bauer schimpfte fürchterlich, als er sah, daß von allen guten Zuckerbrezeln kein Krümchen mehr übrig geblieben war, und dazu hatten noch die Niederheudorfer alles bekommen. Nun würden die Oberheudorfer ihn doch weiter geizig schelten und ihn weiter verächtlich anschauen; nicht einmal etwas genützt hatten die teuren Brezeln. Es war zum Davonlaufen! Das dachte Frau Marthe ebenfalls; sie packte flink ihre Sachen und verließ am gleichen Tage das Haus, denn, meinte sie, bei einem Bauern, der den Kindern nicht einmal ihre Fastnachtsgaben gönnt, bleibe ich nicht; also zog sie fort. „Nicht einmal die gute Frau hält es bei ihm aus," sagten sie im Dorfe.

Die Niederheudorfer Buben und Mädel zogen singend und vergnügt wieder davon, sie hatten es bei der ganzen Geschichte am besten gehabt, und von den wundervollen Zuckerbrezeln sprachen sie noch lange.

Die Oberheudorfer aber ärgerten sich, sie nahmen sich vor, die Niederheudorfer nie mehr zu necken. „Nie mehr bis zum nächsten Mal," sagte Muhme Lenelies, als sie das hörte. Trotz der nach Niederheudorf entführten Zuckerbrezeln aber verlief der Fastnachtstag doch sehr vergnügt. Heine Peterle war ein sehr stolzer König, Annchen Amsee hielt sich für eine Prinzessin, und Schulzens Jakob klirrte mit einem verbogenen Säbel und behauptete, er sei General.

Der dicke Friede aber, der eine Leidenschaft für Kasperlespiele hatte, dachte, er sei in seinem himmelblauen Kittel, den ihm die Großmutter aus einem alten Rock genäht hatte, wirklich ein Kasperle und fing auf einmal an, als alle auf dem Dorfplatz standen, ganz fürchterliche Gesichter zu schneiden, und quiekte wie ein Ferkelchen.

„Der Bube hat sich überessen," schrie Muhme Rese, die zusah, erschrocken, und alle Kinder umringten Friede und fragten mitleidig: „Tut dir der Bauch weh?" – „Tut er sehr weh?"

Friede war so tiefbeleidigt, daß er erst gar nichts sagen konnte, er schnappte ordentlich vor Wut nach Luft. Doch plötzlich erschien seine Mutter, packte ihn am Arm und rief: „Komm, trink Kamillentee, da werden die Leibschmerzen besser." Muhme Rese hatte nämlich die Mutter herbeigeholt und ihr von des Buben Krankheit erzählt.

„Ich bin doch ein Kasperle, ein Kasperle," schrie Friede entsetzt, „huhuhu – ich habe gar keine Leibschmerzen." Und schwapp riß er sich los und rannte die Dorfstraße entlang, die Kinder alle hinter ihm her. „Kasperle, Kasperle!" schrieen sie und holten ihn endlich auch ein. Nach langem Hinundherreden und Bitten entschloß sich Friede, noch einmal vor ihnen Kasperle zu spielen.

Sie fanden es alle wundervoll, nun sie wußten, daß es keine Leibschmerzen waren, und zuletzt spielten alle miteinander Kasperle, und es war ein solches Geschrei, ein solcher Lärm auf der Dorfstraße, daß alle Erwachsenen sagten: „Gut, daß nur einmal im Jahre Fastnacht ist."

Der Kohlbauer brummte: „Wenn doch die dumme Fastnachtsfeier abgeschafft würde!" und die Buben und Mädel seufzten abends in ihren Betten: „Ach, wenn doch nächste Woche wieder Fastnacht wäre!"

Wer hatte da nun recht?

Vorsicht, Gespenster!

Wenn in Oberheudorf Heine Peterle und Schulzens Jakob einmal fünf Minuten miteinander vernünftig sprachen, dann kam sicher eine Dummheit heraus. Waren gar noch Schnipfelbauers Fritz und Anton Friedlich dabei, dann wurde sicher ein sehr dummer Streich ausgeheckt. Hinterher, wenn die Sache vielleicht übel ablief und es nachher Schelte, Nachsitzen oder dergleichen schlimme Dinge gab, wunderten sich die Buben freilich allemal sehr; sie hatten immer gedacht, ungeheuer klug oder ausnehmend witzig zu sein.

An einem Herbsttage, an dem der Wind wie ein recht übermütiger Bengel durch die Dorfgassen jagte, saßen Heine Peterle und Schulzens Jakob auf einer Gartenmauer und erzählten sich Gespenstergeschichten. Weil es heller Tag war und es im Garten wohl fruchtbare Obstbäume, aber keine Gespenster gab, graulten sich die Buben kein bißchen, sondern waren sehr vergnügt. Wie nun Heine Peterle mitten im Erzählen einer höchst sonderbaren Geschichte war, die Muhme Rese noch von ihrer Urgroßmutter wußte, und in der ein Gespenst sich ganz unpassenderweise in eine Milchschüssel gesetzt hatte, bekam der Bube plötzlich einen derben Puff von rückwärts und sauste sehr geschwind in ein Gurkenbeet hinab. Im ersten Augenblick dachte er, trotz der hellen Mittagsonne, das Gespenst aus der Milchschüssel habe ihn gepackt, aber bald merkte er, daß der Puff von einer kräftigen Männerhand gekommen war. An der Mauer stand Heinrich, der bei Heine Peterles Vater den Sommer und Herbst über als Knecht diente. Der Bursche lachte über das ganze Gesicht und sagte sehr behaglich: „Na, ihr Dösköppe, ihr könnt auch wirklich etwas Besseres tun, als euch solche dumme Geschichten erzählen! Kommt, helft mit Kartoffeln hacken!"

Dazu hatten die Buben nicht die geringste Lust, Heine Peterle sah sogar sehr wütend aus und sagte patzig: „Zu dir wird auch noch einmal ein Gespenst kommen."

„Du meine Güte," Heinrich lachte, daß seine weißen Zähne in dem gebräunten Gesicht nur so blitzten, „ihr seid doch zu alberne Buben. Na, kommt ihr nur erst mal zu den Soldaten, da werden euch die Gespenstergedanken vergehen. Aber nun marsch, kommt helfen!"

Hops! war da auch Schulzens Jakob von der Mauer herunter in das Gurkenbeet gesprungen, und beide Buben sausten davon, als hätte der Herbststurm sie zu seinen Boten ernannt. Heinrich sah ihnen etwas verdutzt nach, dann brummelte er: „Faule Schlingel!" und ging darauf selbst kräftig und rüstig an seine Arbeit.

Die Buben hatten sich unterdessen am andern Gartenende wieder zusammengefunden. Statt über das Gespenst, das Heine Peterle vorläufig grausam in der Milchschüssel sitzen ließ, sprachen sie beide über Heinrich. Der war ein Bauernsohn aus einem drei Stunden weit entfernten Dorfe. Ostern war er von den Soldaten gekommen; er hatte bei der Kavallerie gedient und trug noch immer die Soldatenmütze auf seinem hübschen Blondkopf. Nach Weihnachten wollte er heiraten und selbst einen Hof übernehmen, bis dahin diente er bei Heine Peterles Vater, der ein besonders tüchtiger Landwirt war. Heine Peterle mochte Heinrich gut leiden, aber doch ärgerte er sich oft über ihn. Sein Vater sagte immer wieder: „Sieh dir den Heinrich an, Bube, so sauber und fix mußt du auch einmal werden. Der arbeitet wie ein anderer tanzt."

Heine Peterle fand es etwas beschwerlich, immer an künftige Arbeit gemahnt zu werden, er war überhaupt mehr für Ferientage und Freistunden eingenommen, und Heinrich mit seinem Fleiß war ihm manchmal etwas unheimlich. Als wollte der Knecht ihm einen besonderen Schabernack spielen, so kam es ihm vor, und so sagte er auch an diesem hellen, stürmischen Herbsttag beleidigt zu Schulzens Jakob: „Dem Heinrich müßte man mal einen Streich spielen."

„Ja, das könnte ihm nichts schaden," stimmte Schulzens Jakob zu und sah gespannt auf einen rotleuchtenden Apfel, der just vom Baume fiel. Er meinte, es sei gut, diesen aufzuessen, und weil noch mehr Äpfel am Boden lagen, fiel es auch Heine Peterle ein, daß Äpfelessen eine ganz angenehme Beschäftigung sei.

Die Buben schmausten ein Weilchen, aber plötzlich hielt Heine Peterle inne und rief stolz: „Jetzt weiß ich was." Und nun bekam Schulzens Jakob eine ungeheuer komische, geheimnisvolle Geschichte zu hören, über die er in ein wahres Freudengeheul ausbrach. Die Buben schüttelten sich vor Lachen, redeten aufgeregt miteinander, vergaßen das Äpfelessen und stürzten zuletzt eifrig auf die Kürbisbeete zu. Die trugen reichen Segen; es gab da Früchte in allen Größen, wie schwere goldene Klumpen lagen sie im Sonnenlicht. Rasch überschauten die Buben den Garten, – niemand war darin. Über dem Zaun, der den Garten vom Hofe schied, hing Wäsche, und gerade sahen die Buben noch Muhme Rese im Hause mit dem leeren Korb verschwinden; sie hatte wohl gerade die Wäsche über den Zaun gebreitet. Auch auf dem Hofe war es still, ein paar

Hühner gackerten schläfrig darauf herum, sonst war kein Laut zu hören.

Geschwind nahmen die Buben jeder einen mittelgroßen, länglichen Kürbis und verschwanden damit im äußersten Winkel des Gartens, in einer kleinen Bretterbude, die zur Aufnahme von allerlei Gerät diente.

Am nächsten Tage sagte Heine Peterles Mutter beim Mittagessen ärgerlich: „Es fehlen zwei Kürbisse im Garten, gerade zwei, die ich morgen zu Mus verkochen wollte."

„Na nun," sagte der Bauer erstaunt, „wer sollte denn in unserm Garten Kürbisse stehlen!"

In diesem Augenblick steckte Heine Peterle ein solches Riesenstück heiße Bratwurst in den Mund, daß er krebsrot wurde, so mußte er an dem Bissen würgen und schlucken.

„Schäme dich doch, so gierig zu sein!" schalt die Mutter. „Man muß dich wirklich mal in die Stadt schicken, damit du dich anständig benehmen lernst."

Heine Peterle wäre gewiß noch röter geworden, wenn das nur gegangen wäre, er fiel mit seiner Nase beinahe auf den Teller, und Heinrich, der ihn beobachtet hatte, dachte bei sich: „Na, da stimmt doch etwas nicht. Von der Bratwurst ist der Bube doch nicht so verlegen geworden."

Am Nachmittag des nächsten Tages kam die Schulzenfrau sehr aufgeregt zu Heine Peterles Mutter und erzählte ihr, zwei von ihren guten, weißen Bettüchern seien vom Trockenplatz fortgeflogen. Oder sollten sie gar gestohlen worden sein?

Es gab eine große Aufregung im Dorfe. Die Schulzenfrau suchte nach ihren Bettüchern, Heine Peterles Mutter erzählte von den verschwundenen Kürbissen, und kein Mensch konnte sich die Sache zusammenreimen.

„Wenn nur nicht eine Dummheit von ein paar Kindern dahinter steckt," sagte Muhme Lenelies, als sie die Sache erfuhr. Sie fragte daheim ihren Friede aus, aber der sah sie mit seinen schönen, blauen Augen treuherzig erstaunt an, – nein, der wußte von nichts.

An diesem Nachmittag war Heinrich nach seinem Heimatdorf gegangen und kehrte erst spät am Abend wieder heim. Es war ein dunkler, stürmischer Herbsttag. In dem Dorfe waren schon alle Leute zu Bett gegangen; am besten schlief vielleicht Hans Rumps, der Nachtwächter, in einem Leiterwagen des Schnipfelbauern. Heinrich ging immer, wenn er aus seinem Dorfe heimkehrte, einen ganz schmalen Weg entlang, der zwischen des Schulzen und seines Bauern Garten hindurchführte, er brauchte dann nicht erst die breite Dorfstraße hinab zu gehen. An diesem Herbstabend war es sehr dunkel, der Mond war nicht verpflichtet zu scheinen, und die Sterne hatten keine Lust dazu. Doch Heinrich kannte den Weg gut, und so schritt er fröhlich dahin. Plötzlich sah er in einem ungewissen Lichte etwas Weißes flattern und schweben, und als er näher kam, tauchten aus dem Dunkel der Nacht zwei Paar glühende, funkelnde Augen auf. Da standen rechts und links am Wege zwei weiße, hohe Gestalten, deren Gewänder im Winde hin und her wehten; gespensterhaft und unheimlich genug sah es aus.

„Potzwetter," rief Heinrich im ersten Augenblick erschrocken, aber gleich darauf sagte er laut: „Ei, die verflixten Buben! Na wartet, euch zahl' ich's heim!" Er ging beherzt auf die weißen unheimlichen Gesellen zu, und bald darauf sah der Hofhund des Schulzenhauses einen Mann über die Gartenmauer klettern, eine Leiter an das Haus anlehnen und oben vor einem Kammerfenster eine weiße Gestalt befestigen. Den braven Sultan ärgerte die Geschichte sehr, er begann wütend zu bellen. Aber das störte den Mann auf der Leiter gar nicht; er schlug mit der Faust einige Male so kräftig an das Fensterchen, daß die Scheiben nur so klirrten und dröhnten, und dann stieg er geschwind von der Leiter herab und kletterte wieder zurück über die Gartenmauer. Der arme Sultan bellte sich ganz heiser, und zuletzt erwachte der Schulze von dem Gebell, aber just in diesem Augenblick tönte ein so gellendes Geschrei durch das Haus, daß alle Hausbewohner munter wurden.

„Der Jakob schreit," rief die Bäuerin und lief nach oben, ihr folgte ihr Mann und die Magd, die im Hause schlief, und alle stürzten sie in Jakobs Kammer. Da saß der Bube in seinem Bett und brüllte jämmerlich, und nebenan klang Röses und der kleinen Geschwister Schreien. „Na Jakob, was... du meine Güte!" Die Mutter starrte entsetzt nach dem Fenster, – in das Kämmerlein hinein schauten ein paar glühende Augen, und das schwebte und flatterte weiß vor dem Fenster auf und nieder.

„Zum Kuckuck, was ist denn das?" schrie der Schulze, sprang hin, riß das Fenster auf und holte das Gespenst herein.

Die Magd schrie noch lauter als Jakob und wollte unter das Bett kriechen, wozu sie freilich zu dick war; sie mußte es aufgeben und kauerte sich nur in einer Ecke zusammen. „Mein Bettuch," rief die Bäuerin verdutzt, „und ein Kürbiskopf, ja, und Jakob – ist das nicht deine Laterne?"

Jakob war ganz jäh unter das rotkarierte Federbett gekrochen, aus der Tiefe heraus tönte dumpf und unheimlich sein Geheul.

„Ih, du unnützer Bengel du," sagte der Schulze, „mir scheint, du weißt etwas von der Sache. Komm einmal hervor, aber rasch, sonst..."

Jakob hielt es für geratener, dem väterlichen Befehl zu folgen. Schluchzend, jammernd, noch an allen Gliedern vor Schreck zitternd, beichtete er, daß er und Heine Peterle für Heinrich Gespenster aufgestellt hätten, und da Gespenster entschieden weiße Gewänder brauchen und Köpfe haben müssen und Augen, die unheimlich leuchten, da –

„Unnützes Gesindel ihr!" schalt der Schulze. Für Jakob sah die Sache in diesem Augenblick höchst bedenklich aus, und er blickte sich gerade ängstlich um, vielleicht gelang ihm das Untersbettkriechen besser als der Magd. In diesem Augenblick trat die Großmutter ein. Auch sie war von dem Lärm erwacht, und ihr gutes, altes Frauengesicht trug einen ängstlichen Ausdruck. „Was gibt es denn?" fragte sie. Als sie die Jammergeschichte erfahren hatte, da lachte sie lieb und herzlich und sagte schelmisch: „O du dummer Bube, nun hast du dich ja vor deinem eigenen Gespenst gefürchtet!"

Jakob nickte, und dicke, dicke Tränen rollten über seine Pausbacken. Das Lachen der Großmutter aber fand Widerhall: des Schulzen Gesicht klärte sich auf, seine Frau lachte, die Magd kam aus ihrer Ecke heraus und lachte, und an der Tür, die zur Nebenkammer führte, stand Röse mit den zwei kleinen Geschwistern, und die drei Hemdenmätzchen lachten, daß sie ordentlich wackelten, und Hansele, der kleinste Bub, schrie keck mit krähendem Stimmlein: „Oh, is unse Jakob dumm, bitzdumm!"

Das war nun sehr beschämend für Jakob, und da er nicht unter das Bett kriechen konnte, kroch er tief hinein, zog sich das Deckbett über die Ohren und schluchzte und stöhnte jammervoll. Der Vater meinte nun auch, der Bube sei durch die ausgestandene Angst schon genug bestraft, er zog ihn nur ein wenig an dem dicken schwarzen Schopf, der unter dem Deckbett hervorsah, und sagte anscheinend streng, während doch ein heimliches Lachen in seinen Augen lag: „Die Gespenstergeschichten läßt du mir aber jetzt, Bube, wenn ich noch einmal von dem Unsinn höre, dann..."

Weiter sagte der Vater nichts, Jakob verstand ihn aber auch so, und er war herzlich froh, als er endlich wieder allein in seiner Kammer war und es still im Hause wurde. Mit Nachdenken hielt er sich nicht weiter auf, er drehte sich um und schlief geschwind wieder ein, schlief galopp, denn er mußte doch die versäumte Stunde nachholen.

Um die gleiche Zeit lag Heine Peterle in seinem Bett und stöhnte vor Angst. Er war von einem schweren, dumpfen Poltern an seiner Kammertür erwacht, und aufschauend hatte er etwas ganz Schreckliches erblickt. An der Türe stand eine weiße Gestalt, und zwei glühende Augen funkelten ihn an. Gräßlich sah das aus, ein Gespenst war es, nichts anderes. Heine Peterle kroch unter sein Deckbett, und es wurde ihm glühend heiß darunter. Er pustete und ächzte, und es war ihm, als käme leise, leise etwas auf ihn zu.

Zu schreien wagte er gar nicht, er atmete nur schwer. Er meinte allerlei seltsame Geräusche zu hören, Tappen und Schreiten, das näher kam. Ach, sicher hatte irgend ein Gespenst es übel genommen, daß Jakob und er Gespenster hatten nachahmen wollen, und kam nun, ihn zu bestrafen.

Ein Weilchen lag er so da, endlich wagte er wieder unter seinem Bett hervorzuschauen. O Himmel, da stand das Gespenst ja immer noch!

Nein – es kam doch näher! Es schwankte – neigte sich und – plumps! fiel es polternd, klirrend zu Boden.

Rutsch! war Heine Peterle wieder in seinem Bett verschwunden, immer heißer wurde es ihm vor Angst. Nun würde das Gespenst ihn anpacken, ihm den Hals umdrehen oder sonst etwas Schreckliches tun. Fürchterliche Dinge fielen dem Buben ein. Er meinte schon eine kalte, harte Hand zu fühlen, – aber es blieb alles still.

Nichts rührte und regte sich in der Kammer, und endlich wagte der Bub doch wieder unter dem Deckbett hervorzusehen. Da sah er zu seinem maßlosen Erstaunen das Gespenst auf der Erde liegen. Es rappelte sich kein bißchen, und die glühenden Augen waren erloschen.

Das war doch ein seltsames Gespenst. Heine Peterle kroch wieder unter sein Deckbett, pustete und ächzte wieder ein Weilchen und schaute dann wieder zum Bett heraus.

Das Gespenst lag noch immer am Boden, muckstill lag es

da. Da legte sich des Buben Angst etwas, da er aber kein Licht hatte, konnte er sich das weiße Ding nicht näher ansehen. Eine Ahnung jedoch stieg in ihm auf, daß Heinrich vielleicht nicht so ganz unschuldig an dieser Gespenstererscheinung sein möchte.

Zur Sicherheit freilich kroch Heine Peterle aber doch wieder unter sein Deckbett, – man konnte nicht wissen! Zwei-, dreimal noch steckte er den Kopf aus dem warmen Nest heraus, immer lag das weiße Ding still am Boden. Da gab der Bub das Nachsehen auf und schlief wieder ein.

Am nächsten Tage beim Mittagessen – bis dahin hatte sich Heine Peterle ihm ferngehalten – fragte Heinrich so recht verschmitzt: „Na, Heine Peterle, hast du gut geschlafen?"

Der Bube wurde so rot, daß die Eltern, Muhme Rese und die Mägde ihn ganz erstaunt ansahen, und nun erzählte Heinrich, der böse Heinrich, die ganze Gespenstergeschichte. Dabei gab es Klöße mit Backobst, und Heine Peterle konnte vor Verlegenheit von dem guten Gericht gar nicht so viel essen als sonst, beinahe hungrig stand er vom Tisch auf. Es ist wirklich nicht schön, ausgelacht zu werden.

Zum Überfluß kam nachher noch die Schulzenfrau und erzählte, wie es bei ihnen gespukt hätte, und daß auch ihr zweites Bettuch früh auf einmal auf dem Zaun gehangen hätte.

Und Heine Peterle mußte Abbitte im Schulzenhaus tun, und Schulzens Jakob kam zu Heine Peterles Mutter abbitten, – es war sehr peinlich.

Seitdem wollen die Buben nichts mehr von Gespenstern wissen, die sind doch ein zu dummes Gesindel, und um

Heinrich machten die Buben noch lange, lange einen weiten
Bogen herum.

Es hat in der Zeitung gestanden.

„Es ist doch wirklich toll, was alles auf der Welt passiert!" brummte der Oberheudorfer Schulze an einem Sonntagnachmittag und schaute über seine Zeitung weg seine Frau an. „Nä, so was aber auch!"

„Was gibt's denn?" fragte die Bäuerin und hielt im Nähen inne. Der Oberknecht, der gerade seinen Sonntagsstritzel verzehrt hatte, und Jakob, der noch mit vollen Backen kaute, sahen auch beide gespannt auf den Bauern; wenn der die Zeitung las, wußte er nachher immer etwas zu erzählen. Der Schulze knurrte, lachte und rief kopfschüttelnd: „Potzwetter nochmal, so dumm! Nur gut, daß sie noch Wagen und Pferd gefunden haben!"

„Was für einen Wagen? Was für ein Pferd?" fragte die Bäuerin ein wenig ungeduldig.

Ihr Mann aber zog erst noch einmal kräftig an seiner Pfeife, blies Jakob eine dicke Rauchwolke ins Gesicht, rückte sich dann die Brille zurecht und las endlich langsam und feierlich vor: „Bei dem letzten Pferdemarkt in N.....burg ist der Lederhändler Matthias Haberland auf eigenartige Weise bestohlen worden. Er stand dicht neben seinem Wagen mit einigen Bekannten zusammen und merkte nicht, daß sich ein Fremder auf den Wagen setzte und einfach davonfuhr. Bekannten des Händlers, denen der Dieb unterwegs begegnete, rief der zu: „Wir haben schon alles Leder verkauft." Pferd und Wagen fand man später auf der Landstraße, alles Leder aber war spurlos verschwunden."

„Nä, so'n Döskopp," rief der Oberknecht lachend, „steht neben seinem Wagen und merkt nicht, daß der davongefahren wird!" Er redete mit dem Bauern und der Bäuerin noch hin und her über die sonderbare Sache, während Jakob geschwind hinauslief. Draußen erzählte er seinen Kameraden auf der Dorfstraße sehr wichtig die Geschichte.

„So dumm," rief Heine Peterle, „den Dieb davonfahren zu lassen! Ich hätt's nicht getan."

„Ich auch nicht, nä, bestimmt nicht," riefen drei, vier Stimmen, und alle Buben waren gleich miteinander einig, daß eben nur in der Stadt solche Dummheiten passieren könnten.

„'s ist nischt los mit der Stadt," brummte Heine Peterle verächtlich und schoß mitten auf der Dorfstraße, trotz Sonntagshosen und Sonntagskittel, einen so wundervollen Purzelbaum, daß seine Kameraden ihn darum ordentlich anstaunten.

Etliche Tage später marschierten Schulzens Jakob und Röse, der dicke Friede und Schnipfelbauers Fritz im Frühlingssturm heimwärts. Sie kamen alle vier von Berenbach, einem Dorf, das etwa eine Stunde übern Berg von Oberheudorf entfernt lag. Die Berenbacher Kinder kamen nach Oberheudorf in die Schule, und darum sagten die Oberheudorfer Buben und Mädel gern: „Pah, die Berenbacher, das sind die Rechten, nicht einmal eine Schule haben sie!" Im ganzen aber konnten die Oberheudorfer Kinder die von Berenbach gut leiden, besser als die Niederheudorfer Buben und Mädel, denn die waren in ihren

Augen eben dort schrecklich eingebildet auf die drei Kramläden im Dorf und auf sonst noch allerlei. Die vier Wanderer waren mit ihren Gedanken noch in Berenbach; sie waren dort bei des dicken Friede Muhme gewesen, die sie mit Kaffee und Kuchen gut aufgenommen hatte. Davon sprachen sie und von den beiden weißen Ziegenböcken im Stall der Muhme, und daß die Berenbacher Kinder es doch eigentlich recht gut hätten, daß die Schule nicht im Dorf wäre. Wenn zum Beispiel einmal Hochwasser war oder im Winter haushoher Schnee lag, dann brauchten sie gar nicht in die Schule zu gehen. Nun lag an diesem Tage weder haushoher Schnee noch zeigte der Bach Lust, ein Hochwasser zu verursachen. Doch daß der Frühling gekommen war, sah man schon überall. Büsche und Bäume trugen feine Blättchen und dicke Knospen, und auf dem Boden des Waldes, durch den die Kinder gingen, blühten Anemonen, Himmelsschlüssel, Küchenschellen und noch manch feines, zierliches Blümchen. Der Kuckuck ließ trotz des brausenden Sturmes seinen lockenden Ruf ertönen, einmal rief er da, einmal dort, als wollte er die Kinder auffordern, ihm zu folgen.

Schulzens Jakob wollte an diesen Frühlingswahrsager gerade allerlei Zukunftsfragen stellen, als Schnipfelbauers Fritz auf einmal rief: „Guckt nur, da steht ein Wagen ganz allein!"

Im Nu waren alle vier am Wagen, standen und staunten, als hätten sie in ihrem Leben noch keinen solchen Wagen gesehen. Dabei war es ein ganz einfacher Planwagen, wie ihn die Leute in der Gegend nahmen, wenn sie zum Markt fuhren. Darauf saß niemand, darin lag niemand, er hätte gerade zwischen dem Stroh liegen müssen, das bis an den Kutschersitz heranreichte. Das braune Pferdchen, das vor den Wagen gespannt war, stand still und ergeben da und machte ein Gesicht, als wollte es sagen: „Na, wißt ihr, unterhaltsam ist die Sache nun gerade nicht."

Den vier Kindern freilich war die Begebenheit sehr unterhaltsam. Ein bißchen neugierig, ein wenig Hans Dampf in allen Gassen waren die Oberheudorfer Buben und Mädel fast alle, und so guckten, wisperten und tuschelten denn jetzt auch die vier sehr eifrig miteinander; alle Tage findet man ja selbst in Oberheudorf nicht einen Wagen ohne Fuhrmann auf der Landstraße.

„Der Wagen sieht wie der unsrige aus," meinte Schnipfelbauers Fritz.

„Wir haben auch so einen," sagte Röse eifrig, „ganz genau so!"

„Das ist so, wie es neulich in der Zeitung stand," rief der dicke Friede nach einem Weilchen. „Ganz genau so ist's! Der Wagen ist sicher gestohlen worden."

„Huh, ist das graulich!" rief Röse. „Ich reiße aus!"

„Furchttrine," sagte ihr Bruder, „wir – wir nehmen den Wagen einfach mit."

„Ja," schrieen Schnipfelbauers Fritz und Friede begeistert. Beide begannen geschwind auf den Bock zu klettern, Jakob folgte und Röse auch; sie hatte Angst, die drei Kameraden würden sie allein im Walde lassen. Auf dem Bock war es zwar etwas eng, und jedes saß beinahe auf des andern Schoß, aber das störte die vier weiter nicht, sie waren sehr befriedigt und fanden das Abenteuer wundervoll. Schulzens Jakob ergriff keck die Zügel, alle miteinander riefen „hühhott!" und weil das Pferd nicht gleich laufen wollte, nahm Fritz die Peitsche und knallte damit.

In diesem Augenblick schrie jemand hinter dem Wagen laut auf. Die Kinder sahen sich entsetzt an. „Der Dieb!" jammerte Röse, aber schon hatte Fritz die Peitsche dem armen Pferdchen um die Ohren geschlagen, und das nahm dies gewaltig übel. Hühhott brauchte nun keiner mehr zu schreien, das Pferd raste wie besessen davon, und ein lautes Schreien tönte ihm nach.

„Der Dieb, der Dieb!" tuschelten die Kinder, das Pferdchen rannte, und da der Weg bergab ging, wurde es eine tolle Fahrt. Jakob merkte bald, daß das Pferd lief, wie es wollte, nicht, wie er wollte. Jakob fuchtelte mit der Peitsche verzweifelt in der Luft herum, und die beiden andern stöhnten und klagten immer abwechselnd.

Das Pferd kümmerte sich nicht im geringsten darum, es raste immer wilder bergab. Einmal flog der Wagen rechts herum, einmal links herum, einmal hopste er wie ein Frosch, der einen Tümpel sieht. Und innen im Wagen begann es seltsam zu klirren und zu poltern. Den Kindern wurde es himmelangst; zuletzt verlor Fritz die Peitsche, Jakob ließ die Zügel sinken, und alle brüllten miteinander, so laut sie nur konnten.

„Jetzt fallen wir alle in den Graben," dachte Friede verzweifelt, als Oberheudorf auftauchte und es kurz vor dem Dorf ziemlich steil bergab ging. Sie fielen aber nicht, es gab auf einmal einen Ruck. Friede Hopserling stand neben dem Wagen, hielt das Pferd am Zügel, und laut rufend und jammernd öffneten sich die Haustüren, und alle, die daheim waren in Oberheudorf, kamen angelaufen; die meisten Männer waren freilich draußen auf dem Felde. Etliche Frauen kamen an, Mädel und Buben, Hunde, Gänse, zwei Ziegen, Hühner, und wer sonst noch den Lärm gehört hatte.

Die vier Kinder auf dem Bock waren ganz verdattert und konnten zuerst auf alle Fragen gar keine Antwort geben. Endlich, nachdem der Vater des dicken Friede seinen Buben ein wenig hin und her geschüttelt und seine Mutter ihm versprochen hatte: „Nachher bekommst du ein Honigbrot," konnte der Bube die wunderbare Begebenheit erzählen.

„Tut, tut!" blies Hans Rumps rasch in sein Horn, denn die Sache schien ihm so ungeheuer wichtig, daß er sie beblasen mußte.

„Seid doch still!" murrte der Bauer ärgerlich. „Was soll denn die dämliche Blaserei dabei?"

Hans Rumps schwieg gekränkt, seiner Meinung nach gab das Blasen der Geschichte erst die nötige Feierlichkeit. „Der Schulze muß her," sagten ein paar Stimmen, „man muß doch wissen, wem Pferd und Wagen gehören."

„Ich meine, es sieht so – so bekannt aus," brummte Friede Hopserling und ging um den Wagen herum, das Schild zu lesen, das jeder Wagen haben mußte. Es war keins da, und Schulzens Jakob, der sich jetzt auch darauf besonnen hatte, daß er einen Mund besaß und sprechen konnte, sagte wichtig: „Das hat der Dieb abgemacht."

Die Leute sahen sich an. Ja, so war es wohl, und Hans Rumps blies wieder in sein Horn. „Tut, tut, tut, tut, der Schulze muß herbei." Der kam gerade mit etlichen Bauern und Knechten vom Feld, und als die Männer beim ersten Haus vom Dorf das Blasen hörten, kamen sie sehr eilig angelaufen. Wenn Hans Rumps blies, da war etwas nicht in Ordnung, und der Schulze dachte: „Na, was wird das wieder für eine Dummheit sein!"

Die Bauern kamen von der einen Seite angerannt, von der

andern kam die Schnipfelbäuerin. Der hatte Mine, die Wirtsmagd, zugerufen: „Bäuerin, Fritz hat beinahe ein Dieb mitgenommen. Außerdem ist er halbtot gefahren!"

Die arme Frau rannte in ihrer Angst alles um, was ihr in den Weg kam. Sie hätte so auch beinahe den Schulzen umgerannt, doch der hielt sie fest und fragte, was los sei. „Mein Fritz, mein Fritz!" jammerte die Frau. Mine, die voran lief, drehte sich um und rief: „Schulze, der Jakob ist auch dabei."

„Donnerwetter," rief der Schulze, „na, ich dachte es doch! Sicher ist es eine Dummheit!" Er lief auch dahin, wo der Wagen stand, er sah seine Kinder, Jakob erzählte, Röse heulte, die Schnipfelbäuerin hielt ihren Fritz im Arm, und ein paar Stimmen riefen dem Schulzen entgegen, was geschehen war. Verstehen konnte der zuerst in allem Geschrei und Gelärm nichts, endlich aber erzählte Jakob stolz und leidlich vernünftig, was sich eigentlich zugetragen hatte.

Der Schnipfelbauer kam auch vom Feld, auch er hörte den Lärm, und natürlich kam er so geschwind herbei, als er laufen konnte. „Na nu," schrie er, „was ist denn mit meinem Wagen passiert?"

„Mit Eurem Wagen?" fragte der Schulze, und etliche Stimmen wiederholten: „Mit Eurem Wagen?"

„Mit unserm Wagen?" rief die Schnipfelbäuerin, die bis dahin nur ihren Buben und nicht den Wagen angeschaut hatte.

„Na freilich mit unserm Wagen, mit dem die Kathrine nach Hohenstein zum Markt gefahren ist. Ich werde doch unsern Wagen kennen, wenn auch das Schild fehlt!"

49

„Und die Kathrine fehlt auch," rief die Bäuerin entsetzt.

„Ach wo, die ist hier," schrie just da eine Stimme. Keuchend, prustend, puterrot und fuchsteufelswild kam die Magd angetrabt, unter dem einen Arm ein Wagenschild, unter dem andern eine Peitsche. „So eine freche Bande! Nä, die Buben, und unser Fritz immer voran! Haue müssen sie haben, daß es nur so klappt. So was, aber so was auch, mir armen Person solchen Schrecken einzujagen! Immer ungezogener werden sie, die heillosen Buben. Na, wenn ich der Herr Lehrer wäre, ich brächte ihnen die Flötentöne bei, ich...." Schwapp hatte Fritz einen Katzenkopf rechts, Schulzens Jakob einen links, und hätte die Kathrine vier Hände gehabt, dann hätten Friede und Röse auch noch ihr Teil bekommen.

„Aber Kathrine, Kathrine," riefen Bauer und Bäuerin, „was ist denn geschehen? Die Buben sagen doch, der Wagen hätte allein auf der Straße gehalten."

„Nu freilich," murrte die Magd, „dicht dabei hab' ich ein paar Kräuter gepflückt, 's war noch so früh am Tage, und unsere arme Liese sollte sich ein Weilchen ausruhen. Ich sehe die drei Buben und Schulzens Röse kommen, die bleiben am Wagen stehen; na, ich denk' mir nichts dabei und geh' ein paar Schritte tiefer in den Wald. Nä, und auf einmal – ich denk', ein Mäuschen beißt mich – höre ich die Peitsche knallen und sehe den Wagen haste nicht gesehen davonfahren. Ich schrei, aber ach, da hätte ja wohl eher so eine alte dicke Tanne guten Tag gesagt, ehe die dreimal unnützen Buben gehört hätten. Sie rasten davon, ich hinterher, ich merkte doch, daß unsere Liese durchgeht. Unterwegs habe ich dann die Tafel gefunden und die Peitsche, und wenn's gerecht zuging, dann kriegten jetzt alle vier mit der Peitsche tüchtige Haue."

Die vier Missetäter entschuldigten sich: „Wir dachten doch, er wäre gestohlen, huhuhu, es hat doch so was in der Zeitung gestanden!"

„Ach du meine Güte, nu denk' ich erst an unsere Töpfe," jammerte Kathrine in das Kindergeschrei hinein. „Wenn die entzwei gegangen sind bei dem Gefahre!" Sie sprang auf den Wagen, kauerte im Stroh und warf plötzlich klagend etliche Scherben heraus; drei von den neuen Töpfen waren wirklich entzweigegangen, kurz und klein zerschlagen bei der tollen Fahrt.

Anton Friedlich stieß Heine Peterle an, denn natürlich standen die beiden auch dabei und sahen zu, und tuschelte: „Ausreißen wäre am besten!"

Heine Peterle nickte, er teilte des Kameraden Meinung vollständig, und die vier Missetäter wären sicher auch himmelgern ausgerissen, wenn sie nur gekonnt hätten; sie standen aber so mitten drin im Gewühl, daß sie sich gar nicht rühren konnten. Der braunen Liese nun schien das Ausreißen an diesem Tage besonders zu gefallen, vielleicht war ihr auch das Geschrei zu groß, kurz, sie zog ganz plötzlich an und rannte heidi davon. Kathrine, die auf dem Wagen stand, fiel vor Schreck zwischen die neuen Töpfe, und alle andern rannten hinter der wilden Liese drein. Doch die kannte ihren Weg; sie bog rechts um und stand wenige Minuten später auf dem Hofe des Schnipfelbauern. Sie hatte wohl an diesem Tage genug von aller Lauferei und wollte in ihren Stall zurück.

In diesem Wirrwarr flüsterte Röse ihrem Bruder zu: „Wir wollen zu Muhme Lenelies gehen, sie muß doch die Geschichte wissen!" Schnipfelbauers Fritz und Friede riefen gleich: „Wir gehen mit!" und trapp, trapp rannten alle vier links herum und langten bald atemlos bei Muhme Lenelies an. Die Muhme war daheim, sie freute sich auch und lachte auch sehr über die Geschichte und fand es äußerst nett, daß die Kinder gleich zu ihr gekommen waren. Sie wunderte sich kein bißchen darüber; es kam öfters vor, daß sich Oberheudorfer Buben und Mädel, wenn sie eine Dummheit gemacht hatten, erst etwas bei Muhme Lenelies erholten. Das Häuschen der Muhme lag so schön abseits wie eine Burg, in der man sicher und wohlbehütet sitzt, kam es den Kindern zu Zeiten vor, obgleich das windschiefe kleine Haus sonst gar keine Ähnlichkeit mit einer Burg hatte.

Sehr spät verließen die vier an diesem Tage ihre Burg, und in der Zeit, die verronnen war, hatte sich Kathrines Zorn etwas gelegt, ihr lautes Schelten hatte sich in leises Brummen verwandelt. Fritz kam also noch so leidlich bei der Sache fort. Der Schulze aber sagte: „'s ist nur gut, daß wir keine Zeitung in Oberheudorf haben, sonst käme die Geschichte noch hinein, denn Dummheiten lesen die Leute allemal gern, und eine Dummheit war's doch von den Kindern, potzwetter ja!"

Als die Berenbacher Kinder aber die Geschichte am nächsten Tage erfuhren, da fanden sie sie nicht dumm, sondern wundervoll, und sagten zu den Oberheudorfern: „Das nächste Mal bringen wir euch heim, vielleicht passiert wieder was!"

Ein kleiner Held.

Muhme Lenelies war allzeit eine flinke, fleißige Frau, immer wohlgemut und guter Dinge, und sie pflegte mitunter lachend zu sagen: „Das Kranksein lasse ich gar nicht erst zur Türe hinein!" Aber einmal, Traumfriede war noch nicht allzu lange ihr Pflegesohn, kam doch das Kranksein unversehens zur Türe hineingerutscht, und die arme Muhme Lenelies bekam einen bösen Husten, der sie arg quälte. Weil die Muhme nun aber die besondere Gabe hatte, alle Dinge, auch die schweren und trüben, durch eine rosenrote Brille anzuschauen, so fand sie, auch das Kranksein habe seine freundlichen Lichtseiten. Sie sagte oft: „Es ist doch behaglich, daß ich bei dem bösen Sturm nicht hinausbrauche, aber am schönsten ist es doch, daß man in Krankheitstagen sieht, wie gut doch eigentlich viele Menschen sind."

„Wie man in den Wald hineinruft, so schallt es heraus, Muhme," erwiderte ihr darauf einmal die Frau Lehrerin. „Wäret Ihr nicht allzeit so hilfsbereit, dann kümmerte sich just wohl niemand um Euch." Das mochte schon wahr sein, aber wenn es auch ehrlich verdiente Liebe und Teilnahme war, wohl tat sie der alten Frau sehr, denn obgleich sie die rosenrote Brille hatte, eine schwere Zeit war die der Krankheit doch für sie. Über nichts aber freute sie sich in diesen Tagen so sehr wie über ihres Pflegesohnes Liebe. Traumfriede tat der Muhme alles Gute an, was er ihr nur an den Augen absehen konnte; er arbeitete von früh bis abends, hielt das Häuschen schmuck und sauber, ja er suchte noch da und dort ein paar Pfennige zu verdienen, damit nicht alle mühsam erworbenen Spargroschen daraufgingen. „Wie eine Königin hab' ich's," sagte die Muhme mitunter zu Friede. „Ich habe einen Diener, das bist du, einen Koch, das bist du, eine Kammerzofe, das bist du, eine Magd, das bist du auch, und Hofmarschall und Mundschenk dazu, – soll einer sich so viele dienstbare Geister suchen." –

Der Winter war in diesem Jahre gleich mit viel Schnee und Kälte eingezogen und blieb auch ein strenger Gast. Als der Februar herankam, da lag noch so viel Schnee in Oberheudorf, als hätte der Winter erst angefangen. Acht Tage schneite es ununterbrochen. Alle Gräben und Wege verschneiten, die Berenbacher Kinder konnten nicht mehr in die Schule kommen, und eines Sonnabends mußten es die Oberheudorfer Bauernfrauen aufgeben, zum Markt zu fahren. „Man kommt nicht mehr durch," sagten sie.

Traumfriede erzählte dies am Freitag nachmittag seiner Pflegemutter, und Muhme Lenelies, die in ihrem Lehnstuhl am Ofen saß, seufzte ein wenig: „Ich dacht's mir balde! Na, da muß man auch zufrieden sein."

„Muhme," rief Traumfriede erschrocken, „deine Tropfen sind doch alle, und wenn morgen niemand in die Stadt fährt, mußt du ja so lange noch warten?"

„Freilich, mein Junge," sagte die alte Frau gelassen, „die Tropfen werden mir schon fehlen, aber vielleicht geht der Husten auch ohne Tropfen weg. Schneide nicht so ein betrübtes Gesicht, man muß froh sein, wenn man eine warme Stube hat. Horch nur, wie draußen der Wind heult."

Friede nickte stumm. Es tat ihm unendlich leid, daß die

Pflegemutter keine Tropfen mehr hatte. Sicher wurde der Husten noch schlimmer. Der Doktor hatte, als er vor acht Tagen dagewesen war, ihn sehr ermahnt, an die Tropfen zu denken, und gesagt, die Krankheit könnte leicht schlimmer werden, wenn die Kranke die Tropfen nicht pünktlich einnähme.

In dieser Nacht heulte der Sturm so um das winzige Häuschen herum, als wollte er es nehmen und wie eine Spielzeugschachtel forttragen. Dazu peinigte die arme Muhme Lenelies der Husten heftig, und erst lange nach Mitternacht schlief sie ermattet ein. Als sie am Morgen erwachte, brannte die Lampe, im Ofen war Feuer, und das Stübchen war ganz behaglich warm. „Ei, der Friede, der Tausendsassa, hat sich aber dazugehalten," dachte sie und richtete sich etwas auf. Wo war denn der Bub? Sie klopfte an die Wand der Kammer, in der Friede schlief, aber alles blieb still. Sie richtete sich etwas auf, da sah sie, wie schon die Kaffeekanne auf dem Ofen stand, und auf dem Tisch an ihrem Bett stand die Tasse und ein Wecken lag daneben. „Du meine Güte," murmelte die Muhme, „da habe ich es richtig verschlafen, und der Bub ist schon in die Schule gegangen. Wie dunkel es aber noch ist!"

Es war in den Tagen ihrer Krankheit schon manchmal vorgekommen, daß Friede bereits in die Schule gegangen war, wenn sie aufwachte. Der Bube besorgte immer alles so leise wie ein Heinzelmännchen, und die Pflegemutter schlief oft erst gegen Morgen ein. Muhme Lenelies holte sich also ihren Kaffee herbei, trank ihn und blieb dann still in ihrem Bett liegen, denn die Brust tat ihr weh von dem Husten.

Der Sturm heulte draußen immer noch, und sehr langsam nur wurde es hell. Die Muhme, die sonst nicht ungeduldig war, dachte an diesem Tage manchmal: „Heute will es auch gar nicht Mittag werden!" Endlich hörte sie draußen

Schritte, jemand kam. Sie lauschte, – Friede war es nicht, also wohl eine Nachbarin, die nach ihr sehen kam. Gleich darauf trat auch, auf das Wetter scheltend, die Schnipfelbäuerin ein. Sie wohnte ganz nahe und hatte der Muhme schon öfters in den Tagen der Krankheit eine gute Suppe gebracht. Auch heute kam sie mit einem Topf Essen an. Sie stellte es der Kranken an das Bett, holte einen Teller herbei und sagte: „Nun eßt nur, der Friede hat mich gestern abend noch himmelhoch gebeten, Euch ja nicht zu vergessen, weil er doch heute nicht daheim ist."

„Ei," rief Muhme Lenelies und vergaß vor Erstaunen fast das Dankeschön, „wo ist denn mein Friede? Kein Sterbenswörtchen hat er mir vom Fortgehen gesagt."

„Na sehe einer den Buben an," sagte die Bäuerin, „ganz heimlich geht er auf Arbeit. Wo er ist, hat er mir auch nicht gesagt, aber am Samstag gibt es halt überall Arbeit, und der Friede läßt sich schon gebrauchen. 's ist recht von ihm, daß er darauf sieht, ein paar Groschen zu verdienen. Ich wollte, mein Fritz wäre nur halb so fleißig und anstellig, aber das ist ein richtiger Faulpelz. Nur wenn es gilt, dumme Streiche zu machen, da ist er dabei. Mein Mann sagt immer, ihm käme die Nichtsnutzigkeit noch mal zur Nasenspitze und zur kleinen Zehe heraus. Ja, ja, 's ist schlimm!"

Die Bäuerin seufzte tief, aber Muhme Lenelies tröstete: „Ein gutes Herz hat er aber doch, und das ist die Hauptsache. Paßt auf, er wird noch ein braver, verständiger Bube werden!"

Die Schnipfelbäuerin nickte zufrieden, sie hörte es wie alle Mütter gern, wenn jemand ihrem Buben etwas Gutes nachsagte, und daß der Fritz bei aller Naseweisheit und Frechheit, bei aller Faulheit und Dummenstreichelust eben doch ein gutes Herz hatte, das tröstete sie immer wieder.

Ganz vergnügt nahm sie Abschied, versprach noch, mit der Magd einen Topf Kaffee zu schicken, und ging dann heim. Gerade vor der Haustür traf sie ihren Buben, der rief ihr gleich entgegen, da er sie aus Muhme Lenelies' Häuschen kommen sah: „Warum ist denn Traumfriede nicht in der Schule gewesen?"

„Nicht in der Schule gewesen?" wiederholte die Schnipfelbäuerin erstaunt. „Ja in aller Welt, was macht denn der Bube? Wer nimmt denn einen Schuljungen den ganzen Tag zur Arbeit?"

„Der Herr Lehrer hat sich auch gewundert," sagte Fritz, der ordentlich froh war, daß sich der Lehrer einmal über etwas anderes als über seine Faulheit zu wundern hatte.

„Na, der Friede wird schon kommen, und so arg böse wird der Herr Lehrer nicht auf ihn sein," meinte die Bäuerin und ging in das Haus, und da es Mittagszeit war, folgte Fritz ungerufen. Er hatte in der Rechenstunde von sechs Exempeln sechs falsch gerechnet und in der Schreibstunde drei Kleckse und dreiundzwanzig Fehler in zwanzig Wörtern gemacht, davon bekommt einer schon Hunger.

Während alle Oberheudorfer Buben und Mädel vergnügt ihr Mittagbrot verzehrten und Muhme Lenelies still in ihrem Stübchen lag und mit Mimi, ihrer Amsel, und Schnurpsel, dem Kater, zusah, wie draußen die weißen Flocken in der Luft herumwirbelten, war Traumfriede weit, weit von Oberheudorf entfernt. Lange vor Tagesanbruch war er mit seinem Laternchen ausgezogen. Trotz haushoher Schneewälle, trotz Sturm und Kälte wollte er doch nach der Stadt wandern, um für seine Pflegemutter die Hustentropfen zu holen. Heimlich war er gegangen; er wußte, Muhme Lenelies würde sich um ihn sorgen, und die Sorge wollte er ihr ersparen. Es bedrückte ihn freilich schwer, daß er nicht in der Schule sein konnte, aber er dachte: „Wenn ich nachher den Herrn Lehrer bitte, wird er es mir schon verzeihen; ich mußte doch gehen." Tapfer schritt er aus. Es war, als er fortging, noch so dunkel, daß er kaum den Weg erkennen konnte. Dazu lag der Schnee so hoch, daß er oft bis an den Hals einsank. Bis Niederheudorf ging es noch, da war am Tage vorher der Weg gebahnt worden, als Friede aber nachher in den Wald einbog, wurde das Vorwärtskommen immer schwerer, und er blieb manchmal fast verzagt stehen. Aber der Gedanke, Muhme Lenelies würde vielleicht kränker werden, wenn er die Tropfen nicht brächte, trieb ihn immer wieder vorwärts. Nach und nach dämmerte der Tag herauf, und als er aus dem Walde wieder heraustrat, da lag das weite Land im blassen Morgenschein still und weiß vor ihm. Es sah so schön aus, daß er darüber beinahe alle Beschwerden des Weges vergaß. Er blies hurtig sein Laternlein aus und stapfte unverzagt weiter. Nach vielstündiger Wanderung erreichte er endlich die kleine Stadt, in der die Apotheke war. Er fand sie bald, trat ein und verlangte die Hustentropfen für Muhme Lenelies. Dabei wunderte er sich selbst über seinen Mut; ganz vergnügt dachte er: „Na, Heine Peterle sollte sehen, wie ich mich zurecht finde." Heine Peterle konnte die Stadt nicht leiden, warum, ist schon in einem andern Buche erzählt worden, aber auch die übrigen Oberheudorfer Buben und Mädel wollten nicht viel von der Stadt wissen. Sie kannten sie nämlich gar nicht; wenn mal eins mitgenommen wurde, das war dann immer eine besondere Sache. Zum Vergnügen fuhren die Oberheudorfer nicht in die Stadt, nur zum Kauf und Verkauf. Meist waren da, wenn sie von Oberheudorf abfuhren, die Wagen voll und für Kindervolk kein Platz mehr. Auch Friede war noch nie mit in der Stadt gewesen, es gefiel ihm aber ganz gut darin, und die Leute, die er nach der Apotheke fragte, gaben ihm auch freundlich Auskunft. Der Apotheker freilich war nicht nett, der verlangte ein

Rezept, und als Friede verlegen sagte, er hätte keins, wollte er ihm die Tropfen nicht geben. Der Bube, der müde und hungrig war, stand ganz verdattert da. Ein alter Herr neben ihm sah es und fragte mitleidig, für wen er die Tropfen wollte. Friede gab Auskunft, treuherzig erzählte er alles, und der alte Herr riet ihm, er sollte doch zu Doktor Treumann gehen, der wohne ganz in der Nähe und würde ihm sicher die Tropfen noch einmal verschreiben. Das tat denn Friede auch. Der Doktor, der just fortgehen wollte, war sehr erstaunt, den Buben zu sehen. Der freundliche Arzt kam nicht allzu oft nach Oberheudorf, denn viel Kranke gab es nicht im Dorf, er kannte trotzdem alle Leute dort, und die alte Muhme Lenelies mochte er besonders gern leiden. Er wußte aber auch, wie weit es bis Oberheudorf war, und wie schwer es sich bei solchem Schneewetter ging. „Junge,“ rief er ganz erstaunt, „bist du denn zu Fuß gekommen?“

Traumfriede auf dem Wege zur Apotheke.

„Ja," sagte Friede treuherzig, „die Pferde kommen doch
nicht mehr durch, sonst hätte die Schnipfelbäuerin die

61

Tropfen mitgebracht."

„Na, das ist gut," rief Doktor Treumann, „die Pferde
können nicht mehr durchkommen, und so ein
Dreikäsehoch läuft den Weg, noch dazu in der Dunkelheit.
Aber Junge, Junge, wie konnte deine Pflegemutter nur so
unvernünftig sein und dich gehen lassen!"

Verlegen bekannte Friede, daß er heimlich davongelaufen
sei, weil die Muhme ihn sonst nicht hätte gehen lassen.
„Und sie muß doch ihre Tropfen haben," flüsterte er.

Der Arzt strich ihm sacht über den Kopf. „Du bist ein
braver Bursche," sagte er ernst, „aber ich habe Angst um
dich, du wirst nicht heim kommen. Bergauf brauchst du
noch mehr Zeit, das ist noch schwerer; ich fürchte, das wird
zu viel für deine Kräfte sein."

„Ach nä," rief Friede vergnügt und mutig, „es geht schon,
ich bin gar nicht müde!"

Der Arzt überdachte die Sache. Er selbst mußte eilig fort
zu einem Schwerkranken, er hatte kaum Zeit, etwas für den
Buben zu sorgen. Kam der nun heute nicht heim, dann
ängstigte sich Muhme Lenelies vielleicht so, daß sie noch
kränker wurde. Die Tropfen brauchte sie, ein Bote, der den
Weg machte, würde sich schwer finden, also mußte Friede
schon wieder zurückwandern. Er ließ dem Buben heißen
Kaffee geben, dazu Butterschnitten, und dann ermahnte er
ihn: „Du darfst dich aber nicht ausruhen wollen unterwegs,
und wenn du noch so müde bist, sonst schläfst du ein und
erfrierst. Gib mir die Hand darauf, Junge, daß du dich nicht
hinsetzt!"

Friede gab dem gütigen Mann die Hand, und der mahnte
noch einmal: „Denk an dein Versprechen! Sein Wort muß

man halten; ein Feigling, wer es nicht tut." –

Nach einer Stunde trabte Friede gut ausgeruht und satt, die Tropfen in der Tasche und noch ein Paketchen vom Arzt, das er dem Lehrer abgeben sollte, wieder der Heimat zu. Anfangs ging es leicht, bald aber merkte er, daß Doktor Treumann recht gehabt hatte damit, daß der Heimweg schwerer sein würde. An manchen Stellen mußte er durch den Schnee krabbeln wie eine Maus durch einen vollen Mehlsack. Mitunter stand er minutenlang still und meinte vor Müdigkeit umsinken zu müssen, dann trieb ihn aber immer wieder der Gedanke an sein Versprechen vorwärts. Er hatte sein Wort gegeben, das mußte er halten, und Muhme Lenelies mußte ihre Tropfen haben, sonst wurde sie kränker.

Immer wieder raffte er sich auf und trabte weiter. Einmal versank er so im Schnee, daß er sich nur an dem tief herniederhängenden Ast einer Tanne wieder emporziehen konnte. Dazu brauste der Wind und trieb ihm die Flocken in das Gesicht; das stach wie mit Nadeln, und mitunter konnte er gar nichts sehen.

Als er endlich den Wald erreicht hatte, überfiel ihn eine solche Mattigkeit, daß er stehen blieb und sich an eine Tanne lehnte; so müde war er, ach so müde. Da war es ihm plötzlich, als rufe jemand laut neben ihm: „Sein Wort muß man halten; ein Feigling wer es nicht tut!" Da raffte er sich wieder auf, um mit zitternden Händen sein Laternchen anzuzünden, denn schon war es dunkel geworden. Der Wind blies es ihm immer wieder aus, von den sorgsam mitgenommenen Streichhölzern verlöschte eins nach dem andern, endlich das vorletzte zündete das Lichtlein an. Friede nahm das letzte Stück Brot, das er noch in der Tasche hatte, aß es auf und wurde nun wieder etwas munter.

Er stapfte weiter. Immer dichter fiel der Schnee. Der Sturm

hatte sich ganz gelegt, und es war eine tiefe, tiefe Stille ringsum. Friedes Laternchen schwankte hin und her. Der Bube war so matt, daß ihm jeder Schritt eine schwere Arbeit schien. Immer wieder blieb er stehen, immer wieder meinte er vor Müdigkeit fast umsinken zu müssen, aber immer wieder trieb ihn der Gedanke an Muhme Lenelies und an sein gegebenes Wort empor.

Endlich, endlich sah er Lichter durch die Dunkelheit schimmern. „Niederheudorf," dachte er wie erlöst, „da kann ich mich ausruhen, jemand nimmt mich schon auf." Aber wie endlos sich der Weg noch dehnte! Noch immer kein Haus, noch immer kein Mensch zu sehen! Weiter mußte er wandern, immer weiter!

Und wieder lehnte sich Friede an einen Baum. Er fühlte, wie seine letzte Kraft schwand, aber die Tropfen, sein Wort! Taumelnd tat er einen Schritt vorwärts, da packte ihn plötzlich eine kräftige Hand, und eine laute, schnarrende Stimme rief: „Zum Donnerwetter noch einmal, wer treibt sich denn hier herum?"

„Muhme Lenelies muß ihre Tropfen haben," stammelte Friede halb bewußtlos vor Mattigkeit. „Ihre Tropfen – ihre Tropfen – ich mein Wort – – weiter – weiter!"

„Na das ist ja eine nette Bescherung!" brummte Leberecht Sperling, der Waldhüter, er war der Sprecher, und hob den Knaben auf. „Sieh mal einer an, der Traumfriede ist's. Du, Bube," schrie er, „wo kommst du denn her?"

„Aus – der – Stadt," lallte Friede.

„Bei dem Wetter? Bist du verrückt?" schrie der Waldhüter.
„Bist du etwa hin und zurück gegangen?"

„Ja," murmelte der Bube schlaftrunken, „die Tropfen, –
Muhme Lenelies braucht sie doch!"

„So eine unvernünftige Kreatur," schalt Leberecht Sperling, „läuft in die Stadt bei dem Wetter! Verwichsen müßte man so einen Buben! Na, ich sag's ja, nichts als Dummheiten machen die Buben, dumm, dumm, ausnehmend dumm!"

Von diesem Schimpfen hörte Friede nichts mehr, er lag auf des Waldhüters Arm, und der trug den Buben so sorgsam, als wäre er dessen Mutter, durch den Schnee. Die bösen Worte meinte Leberecht Sperling nicht böse, je weicher es ihm ums Herz war, desto mehr schalt er, das war so seine Art, und wenn er alle Oberheudorfer Kinder für ausnehmend ungezogen erklärte, so hatte er sie im Grunde doch eigentlich alle lieb – freilich sie merkten das nur selten.

Als es dunkel wurde und Friede immer noch nicht kam, begann Muhme Lenelies sich zu ängstigen. Schnurpsel mochte noch so schnurren und Mimi noch so viel im Zimmer herumhüpfen, der alten Frau erschien es heute doch bedrückend einsam. Sie atmete auf, als endlich draußen Schritte erklangen. Es war Heine Peterles Mutter, die kam, und nach einem Weilchen erschien auch die Frau Lehrerin. Von den beiden nun erfuhr Muhme Lenelies, daß Friede an dem Tage gar nicht in der Schule gewesen war. „Ich denke mir, der Bube ist zum Schulzen nach Niederheudorf gegangen," sagte Heine Peterles Mutter, „dort sind zwei Mägde krank, und weil doch nächstens Hochzeit ist, haben sie alle Hände voll zu tun."

Muhme Lenelies schüttelte den Kopf, nein, das glaubte sie nicht, darum hätte Friede nicht die Schule versäumt. Ihr wurde es auf einmal so bang zumute, und angstvoll rief sie: „Meinem Buben ist etwas passiert, ein Unglück ist geschehen!"

Die Frauen suchten sie zu beruhigen, aber ihnen kam die

Sache jetzt selbst seltsam vor. „Ja, wenn's mein Heine Peterle gewesen wäre," murmelte dessen Mutter, „der brächte es schon fertig, mal hinter die Schule zu gehen."

Da erklangen draußen schwere Tritte und eine laute Stimme, Leberecht Sperling riß die Türe auf und setzte Friede mit einem Ruck mitten ins Zimmer. „Da ist er," rief der Waldhüter. „So ein dummer Purzel läuft bei dem Wetter in die Stadt!" Friede riß krampfhaft seine Augen auf, sah sich verdutzt in dem hellen Zimmer um und murmelte halb im Traum: „Die Tropfen – ich darf nicht ausruhen – mein Versprechen! Ich –"

„Bube, mein Bube," rief Muhme Lenelies, „du warst in der Stadt?"

„Ja, da war er," sagte Leberecht Sperling, „und jetzt geht er ins Bett. Der schläft ja schon wie ein Hase mit offenen Augen!" Er nahm dem Buben seinen Korb ab, zog ihm ritsch, ratsch die Stiefel aus, die Frauen halfen Jacke und Höslein herunterziehen, und weil der ganze kleine Kerl kalt wie ein Eiszapfen war, wickelten sie ihn in eine wollene Decke, dann legten sie ihn ins Bett. Schon halb schlafend trank Friede noch den heißen Kaffee, den die Frau Lehrerin ihm reichte; von allem dem, was um ihn herum gesprochen wurde, hörte er aber gar nichts mehr. Er hörte nicht, daß Muhme Lenelies unter Tränen rief: „Gott sei Dank, daß mein Goldjunge wieder da ist," und daß Leberecht Sperling schalt und die beiden Frauen ihn lobten, er schlief und träumte wundervolle Dinge. Er ging im Traum an der weißen Hand der Schneekönigin, die führte ihn in einen glitzernden, funkelnden Palast, und lächelnd nahm sie einen köstlichen Pelz und legte ihn über seine Knie: „Damit du nicht frierst." Wie weich und warm der Pelz war! Friede strich ihn sacht und wußte nicht, daß Schnurpsel, der Kater, der sich auf seine Füße gelegt hatte, der köstliche Pelz der Schneekönigin war.

Um Mitternacht legte sich der Wind, es hörte auf zu schneien, und am nächsten Morgen schien hell die Sonne auf Oberheudorf herab. Sie schien dem Traumfriede so lange auf die Nase, bis der Bube erwachte.

Muhme Lenelies stand vor seinem Bett. Sie hatte eine große Kaffeekanne in der Hand und sah aus, als hätte sie sich ein bißchen mit Sonnenschein gewaschen. „Muhme," stammelte Friede verwirrt, „bist du denn gesund?"

„Na, so ziemlich," rief die alte Frau. „Die Tropfen haben mir gut getan, mein Goldjunge. Paß auf, nun reißt das Kranksein aus!"

So wurde es auch, das Kranksein riß wirklich aus. Als nach einiger Zeit, als der Schnee nicht mehr haushoch lag und die Wege versperrte, Doktor Treumann nach Oberheudorf kam, da fand er Muhme Lenelies recht munter und vergnügt. „Ei, da scheint ja mal wieder der Arzt überflüssig zu sein," sagte er lachend.

Muhme Lenelies nickte: „Ihre Tropfen waren gut, aber ich glaube, Herr Doktor, daß mein Friede den schweren Weg für mich gemacht hat, das hat mir noch mehr geholfen. Freude ist allemal gesund!"

„Ja, Freude ist gesund," sagte auch der Arzt, „und Euer Friede, Muhme Lenelies, das ist ein Staatsjunge. Paßt auf, der sorgt noch oft für Freude in Euerm Leben!"

Im Dorfe sagte dies noch mancher Bauer und manche Bäuerin, und Friede bekam jetzt jeden Tag so viele freundliche Blicke und Worte wie früher, als er noch beim Kohlbauern gewesen war, im ganzen Jahr nicht. Über nichts aber freute er sich mehr als über Muhme Lenelies' Genesung und über den Herrn Lehrer, denn der hatte gar nicht über den versäumten Schultag gescholten, kein Wort hatte er gesagt, nur den Traumfriede sehr, sehr gütig angeschaut.

Das Hünengrab.

In dem Kuhberger Walde, der Oberheudorfs Felder nach Süden und Westen abgrenzte, lag tief innen auf einer Wiese ein mächtiger Steinhaufen. Es war ein seltsam schöner Platz da mitten im Walde, immer lag es wie eine stille Feierlichkeit darüber; eigentlich war es so recht ein Erdenwinkelchen für Leute, die einmal ein bißchen träumen und ausruhen wollen. Mitunter kam der Lehrer von Oberheudorf hierher und saß dann wohl auf dem Steinhaufen und beobachtete still das Leben der Vögel und Insekten. Es kam auch vor, daß er Traumfriede hier sitzen fand, denn auch der Knabe hatte eine besondere Vorliebe für die einsame Waldwiese. Dann erzählte der Lehrer dem Buben wohl allerlei von den Tieren und Blumen des Waldes, und Traumfriede hörte versonnen zu. Er selbst erzählte freilich nie, warum er just so gern hier saß, denn er war, so munter er auch mit seinen Kameraden umging, seit er Muhme Lenelies' Pflegesohn geworden war, doch ein etwas schüchterner Junge. Und der Lehrer bedrängte ihn nie mit Fragen, er dachte immer: „Er wird schon zutraulich werden." Der Bube mit den schönen, blauen Träumeraugen war ihm lieb, und des Lehrers Gedanken beschäftigten sich mehr mit Friede, als der und seine Pflegemutter ahnten.

Muhme Lenelies ließ ihren Buben gern seinen Lieblingsplatz aufsuchen, sie wußte ja, nach solchen Freistunden war er dann doppelt fleißig. So verbrachte Friede manchen schulfreien Nachmittag auf der kleinen

Wiese. Hier fand er dann auch immer allerlei besonders schöne Dinge: die größten Erdbeeren wuchsen zwischen den Steinen des Hügels, so saftig und würzig, daß Muhme Lenelies, wenn ihr Pflegesohn die Beeren heimbrachte, allemal sagte: „Das reine Festessen!" Auch ein Stachelbeerbusch, der gelbe, süße Beeren trug, hatte sich hier angesiedelt; niemand wußte, woher er gekommen war, er wuchs und trug Früchte, als stünde er mitten in einem wohlgepflegten Garten. Ihn umdrängten noch Himbeeren und Brombeeren, dazwischen blühten bunte, leuchtende Blumen, und in all dem Wirrwarr hausten auch noch ein paar kleine, lustige Vogelfamilien.

An einem warmen Sommertag saß Traumfriede wieder hier auf seinem Lieblingsplatz. Die Stille wurde manchmal durch ein Lachen, einen fröhlichen Schrei unterbrochen, denn die Oberheudorfer Kinder suchten wieder einmal Erdbeeren im Kuhberger Walde. Friede hatte fleißig gesucht, nicht so viel in den Schnabel, und nun stand sein Töpfchen schon voll neben ihm. Er wartete hier auf seine Gefährten und träumte noch ein wenig in den schönen Sonnentag hinein. Mitten in seinem Träumen und Sinnen störte ihn Schulzens Jakob, der herbeikam. Sein Töpfchen war noch ziemlich leer, aber dafür trug er im Gesicht deutliche Spuren davon, daß ihm die Beeren gut geschmeckt hatten.

„Weißt du," sagte er und blieb vor dem Steinhaufen stehen, auf dem Friede saß, „das ist ein Hühnergrab."

„Was," rief Friede verdutzt, „ein Hühnergrab? Ja wer hat hier denn Hühner vergraben?"

„Das weiß ich nicht," brummte Jakob, „aber mein Vater hat einen Brief bekommen, in dem steht, es wollten Leute aus der Stadt kommen und das Hühnergrab aufmachen. Und Vater sagt, das hier wär's!"

„Quatsch!" sagte Friede ärgerlich, doch da wurde Jakob wild. Quatsch ließ er seine, des Schulzensohns, Weisheit nicht nennen. Er stellte geschwind sein Beerentöpfchen auf den Boden und rüstete sich zu einer regelrechten Balgerei. Es wäre wohl auch dazu gekommen, wenn nicht auf einmal Heine Peterle, Schnipfelbauers Fritz, der blaue Friede, Annchen Amsee und Jakobs Schwester Röse herbeigekommen wären. Unter großem Geschrei erzählten sie, daß sie soeben drei Rehe im Walde gesehen hätten. Darüber vergaß Jakob ein Weilchen seine Wut, nachher aber kam sie wieder, und er erzählte aufgebracht die Geschichte von dem Hühnergrab.

„Ein Hühnergrab ist das?" riefen die Kinder alle verdutzt, und Annchen Amsee fragte ganz hausfraulich weise: „Was sind's denn für Hühner, die hier liegen, gewöhnliche oder etwa Perlhühner?" Auf diese Frage wußte Jakob keine Antwort zu geben, es tröstete ihn aber sehr, daß die andern seine Weisheit anerkannten, und sein Zorn legte sich allmählich.

Friede, der den Kameraden nicht hatte kränken wollen, sagte nun auch einlenkend: „Wenn es dein Vater sagt, wird es schon stimmen, aber warum sind nur hier gerade Hühner begraben?"

Das war wirklich eine schwere Frage, die sehr, sehr viel Nachdenken erforderte. Weil die Oberheudorfer Kinder mitunter recht viel Geschrei beim Nachdenken machten, so traten sie ziemlich lebhaft und aufgeregt ihren Heimweg an, und die vierfüßigen und gefiederten Waldbewohner verkrochen sich ängstlich in ihren Höhlen, Moosbettlein und Nestern ob dieses Geschreies.

Am nächsten Tage gab es in der Schule eine sogenannte Plauderstunde, etwas, das alle Kinder wundervoll fanden.

Verstanden die Kinder etwas nicht, wollten sie etwas wissen, dann durften sie nämlich den Herrn Lehrer vor Schulanfang fragen. Fand der Lehrer, daß die Frage vernünftig sei und sich darüber allerlei sagen ließ, so schloß er die Schule ein wenig früher und hielt dann noch die Plauderstunde ab. In dieser gab er Antwort, die Kinder durften Gegenfragen stellen, und meist fanden die Kinder die Plauderstunde viel zu kurz, und sie lernten darin manchmal mehr als vorher aus den Büchern.

An diesem Morgen hatten neun Buben und Mädel gefragt, ob der Steinhaufen im Walde wirklich ein Hühnergrab wäre. Da erzählte ihnen denn in der Plauderstunde der Lehrer, daß es Hünengrab heiße und nicht Hühnergrab, und daß es solche uralte Gräber noch in manchen Gegenden gebe. In Deutschland, aber auch in Dänemark, England, selbst in Palästina finde man solche riesenhafte Grabdenkmäler. Viele habe man geöffnet und darin alte Urnen, Steinhämmer, auch wohl Schwerter, Armringe, Pfeile und dergleichen gefunden.

„Aber unseres ist doch gar nicht so groß," rief Schulzens Jakob erstaunt dazwischen.

„Nein," erwiderte der Lehrer, „das ist es auch nicht, und darum ist man auch noch im Zweifel, ob es wirklich ein Hünengrab ist. Vielleicht ist es nur ein großer Steinhaufen, der von Hirten zusammengetragen wurde. Es mögen auch die Überreste menschlicher Wohnungen sein, denn der Sage nach soll dort früher ein Dorf gestanden haben. Etwas Genaueres läßt sich darüber allerdings nicht ermitteln."

Die Kinder lauschten gespannt den Erklärungen; jetzt fanden sie es sehr dumm, daß sie zuerst gedacht hatten, Hühner lägen unter den großen Steinen begraben. Schulzens Jakob tat wichtig und tuschelte seinen Nachbarn zu: „Wie konntet ihr nur so dumm sein und denken, Hühner liegen da!“

„Na, du hast es doch zuerst gesagt,“ rief Heine Peterle halblaut. Ein Weilchen gab es ein erregtes Tuscheln und Wispern, und der Lehrer ließ die Kinder gewähren; er lächelte über ihren Eifer und sah dabei Traumfriede an, der still und versonnen dasaß. Der Bube fühlte den Blick des Lehrers, er hob seine schönen Augen zu ihm auf und fragte leise, traurig: „Wird nun der Steinberg abgetragen werden?“

Der Lehrer nickte. „Ja, Friede, es geht an unsern Lieblingsplatz, er wird wohl etwas zerstört werden.“ Der Bube wurde rot. Daß der Lehrer gesagt hatte, ‚unsern Lieblingsplatz‘, das gab ihm eine heimliche Freude, aber dann wurde er wieder traurig, und während die andern Kinder nach Schluß der Schule laut und lustig auf die Dorfstraße eilten, ging er still seinen Weg. Die Buben und Mädel redeten daheim gewaltig klug von dem Hünengrab. Annchen Amsee meinte, vielleicht könnte ein Topf voll Gold darin gefunden werden. „Oder eine Krone und ein goldenes Schwert,“ rief Heine Peterle, und zuletzt redeten alle nur noch von den goldenen Schätzen des Hünengrabes.

Ganz ärgerlich aber war Muhme Lenelies. Sie schalt aufgebracht darüber, daß auf der schönen, friedlichen Waldwiese gegraben werden sollte. „Wirklich,“ brummte sie, „die Stadtleute müssen ihre Nase auch in alles stecken. Es ist jammerschade um unsern hübschen Platz.“ Sie ließ ihren Friede darum auch gleich am Nachmittag dahinlaufen; wer weiß, wie lange der Bub seinen Lieblingsplatz noch haben würde, mochte er ihn also noch genießen, soviel er konnte. So saß denn Traumfriede am Nachmittag wieder still auf einem der beiden Steinhügel dicht neben dem Stachelbeerbusch. Um ihn herum war ein Schwirren und Summen der Bienen und Käfer, bunte Schmetterlinge flogen über die blühende Waldwiese, und dicht neben ihm saßen auf einer Blumendolde vier Perlmutterfalter, ihre Flügel glänzten und flimmerten märchenhaft im Sonnenlicht. Während der Knabe so still in der warmen Sommerschönheit saß, war es ihm, als löste sich plötzlich Stein um Stein von dem alten Grab und riesenhafte Männer traten aus dunklen Höhlen hervor. Sie klirrten mit Schild und Schwert, goldene Kronen funkelten auf ihren Häuptern, ihnen folgten schöne Jungfrauen in schimmernden Gewändern, und plötzlich verschwand der Wald, ein hohes Schloß mit Türmen und Zinnen wuchs empor, auf der Brücke stand ein Torwächter und blies in sein Horn.

„Mähmäh mäh," meckerte es plötzlich neben Traumfriede,

und verdutzt schaute sich der Bube um. Alle Märchenherrlichkeit war verschwunden, er saß wieder neben dem Stachelbeerbusch, und vor ihm stand Friederike, Muhme Lenelies' höchst kluge und gebildete Ziege. Sie war Friede nachgelaufen und schien sehr ungnädig, daß sie so wenig beachtet wurde. Der Bube schämte sich ein bißchen, ihm war es immer, als könnte Friederike in seinem Herzen lesen, und gewiß lachte sie heimlich über all die Geschichten, die er immer zusammenträumte. Aber Friederike lachte nicht, sondern beschnupperte ein paar feine Blättchen und geruhte sie zu fressen. „Komm heim, Friederike," rief Friede, „du darfst hier nicht fressen! Wenn es Leberecht Sperling sieht, schreibt er uns auf."

Leberecht Sperling, der gefürchtete Waldhüter, der jedes Kind, das er im Walde traf, mißtrauisch ansah, ob es nicht eine Dummheit gemacht hatte oder vielleicht eine machen wollte, schien auch Friederike zu erschrecken. Sie trabte geduldig neben Friede her, und bald lag der Wald mit aller Märchenherrlichkeit hinter den beiden.

Es vergingen viele, viele Tage, und die Herren aus der Stadt, die das Hünengrab erforschen wollten, kamen nicht. Die Kinder vergaßen die Geschichte beinahe, nur Traumfriede nicht, der saß, so oft er konnte, auf dem Steinhaufen, aber auch seine Angst, die Zerstörer würden kommen, legte sich nach und nach.

Und dann waren die Herren auf einmal da. Als die Kinder an einem Mittwoch aus der Schule kamen, sahen sie vor dem Wirtshaus „Zur himmelblauen Ente" einen Wagen stehen. Natürlich liefen sie nun nicht heim, sondern rannten alle vor das Wirtshaus, und Heine Peterle, dessen Oheim der Wirt war, lief hinein und brachte die Nachricht: „Es sind die da, die zu dem Hünengrab wollen."

„Wir gehen auch hin," sagten gleich zwei, drei Stimmen, und ein paar andere antworteten: „Na ob! Natürlich!"

Die drei Herren, die inzwischen in der Wirtsstube saßen und auf das bestellte Mittagbrot warteten, konnten gar nicht begreifen, warum der Wirt auf einmal sagte: „'s ist schade, daß Mittwoch ist!" – „Warum denn?" fragte der älteste der drei Herren erstaunt, es war ein stattlicher Mann, mit weißgrauem Vollbart und klugen Augen, „das Wetter ist doch so gut?"

„Na ja," brummte Kaspar auf dem Berge und lief hinaus, um nach dem Mittagessen zu sehen. Draußen schüttelte er mit dem Kopfe und sagte: „Nä, das weiß man doch, daß am Mittwoch die Kinder immer bei allem dabei sind und einem in die Quere kommen!"

Davon schienen nun die gelehrten Herren aus der Stadt keine Ahnung zu haben. Sie verzehrten ihr Mittagbrot, auf das sie noch recht lange warten mußten, dann sprachen sie noch mit dem Herrn Lehrer und dem Schulzen. Der Herr Pfarrer war an diesem Tage nicht daheim, und der Herr Lehrer erwartete einen Kollegen, er versprach nachzukommen. Nur der Schulze konnte die Herren begleiten, auch der Wirt kam mit, ein paar Knechte folgten mit Hacken und Grabscheiten, und so zogen alle miteinander in den Kuhberger Wald. Als sie auf der Waldwiese anlangten, blieben die Herren verblüfft stehen; auf dem Steinhügel saßen sämtliche Oberheudorfer Buben und Mädel, saßen da, als müßte es so sein, als wäre dies der einzige Fleck, auf dem sie just diesen Nachmittag sitzen konnten.

„Ach so," sagte der Herr mit dem weißen Vollbart, den seine Begleiter immer Herr Geheimrat nannten, „darum bedauerte der Wirt, daß wir an einem Mittwoch gekommen sind. Nun verstehe ich, warum!"

„Ja, das Kindervolk," brummte der Schulze, „immer ist es dabei, immer will es zusehen. Na, und wenn unsere Mädel und Buben nicht dabei sind, ist es auch nicht recht." Nach dieser Erklärung zog er seine Stirn in finstere Falten und schrie: „Nun marsch runter von da oben!" Die Kinder gehorchten, nicht sehr geschwind und nicht sehr vergnügt, aber sie taten es doch; dann freilich blieben sie dicht an dem Steinhügel stehen. Sie wurden zwar immer wieder ermahnt, weiter zu gehen, einmal schalt der Herr Geheimrat, ein anderes Mal der Schulze, dann flogen die Buben und Mädel auseinander wie eine Spatzenschar, in die jemand mit einem Blasrohr hineingepustet hat. Fünf Minuten, ach nein, drei, nein, zwei Minuten später standen alle schon wieder dicht am Steinhügel, und bei jedem Stein, der aufgehoben wurde, schrieen sie „Oh!" und „Ah!" als sei das etwas ganz Wunderbares.

Leberecht Sperling kam herbei und Hans Rumps. Die beiden schalten auch über das neugierige Kindervolk, aber Heine Peterle sagte patzig: „Wir tun doch nichts, und ein Nachtwächter hat jetzt überhaupt nichts zu sagen, es ist doch Tag!"

Die andern Buben und Mädel gaben ihrem Beifall so laut Ausdruck, daß der Herr Geheimrat und die beiden andern Herren ordentlich erschraken. „Sagt mal, Kinder," fragte der Geheimrat, „eßt ihr gern Schokolade, und hat der Krämer welche?"

„Ja," schrieen sämtliche Buben und Mädel und lachten, als erwarteten sie, daß die Schokolade gleich vom Himmel herunterpurzeln sollte.

„Na, dann paßt mal auf," sagte der Geheimrat, zog sein

Portemonnaie hervor und suchte alles Kleingeld zusammen. Seine Begleiter taten es ihm nach, und jedes Kind erhielt einen Groschen. „Dafür dürft ihr gehen und euch Schokolade kaufen."

„Geht nach Niederheudorf, da gibt es bessere," riet der Schulze. Er dachte, Niederheudorf ist weiter, da sind sie nicht so rasch zurück. Die Kinder nickten, und eins, zwei, drei waren sie vom Steinhaufen weg und im Walde verschwunden. Zwei Minuten später aber waren sie alle wieder da.

„Na nu, holt ihr denn keine Schokolade?" riefen die Herren verdutzt.

„Krämers Trude ist gegangen, sie bringt uns alles, wir erzählen ihr nachher, was los ist," riefen Buben und Mädel wie aus einem Munde und kamen geschwind so dicht heran, als müßten sie durchaus mit ihren Nasen dabei sein.

„Mir scheint, es hilft uns nichts, wir müssen uns mit den Kindern abfinden," sagte der Geheimrat halb lachend, halb ärgerlich, „na, vielleicht wird ihnen die Sache bald langweilig!"

Diese Hoffnung sollte sich auch erfüllen, den Kindern wurde das Zusehen wirklich langweilig. Sie hatten gedacht, es würde ganz geschwind gehen, und die goldenen Schätze würden aus der Erde gehoben werden wie die Kartoffeln im Herbst, statt dessen mahnte der Geheimrat immer zur Vorsicht, und nur langsam wurde ein Stein nach dem andern abgetragen. So kam es, daß die Kinder gar nicht dabei waren, als am nächsten Tage gegen Abend endlich das Grab geöffnet wurde. Es fanden sich wirklich allerlei Urnen und Bronzegeräte darin, ein Schwert, Armringe und dergleichen. Die Sachen wurden in das Wirtshaus gebracht und dort aufgestellt. Kaspar auf dem Berge hatte heilig und teuer gelobt, er wollte alles sorgsam behüten, während draußen im Walde die drei Herren das geöffnete Grab noch weiter untersuchten.

Ganz Oberheudorf war über das Hünengrab in Aufregung. Freilich waren die meisten etwas enttäuscht; sie hatten wie die Kinder erwartet, in dem Grab würden kostbare Schmucksachen liegen, Gold und Edelsteine; die paar unansehnlichen Dinge wollten ihnen gar nicht recht gefallen. Sie konnten nicht begreifen, warum die gelehrten Herren so froh darüber waren und taten, als hätten sie Wunder was für Kostbarkeiten gefunden.

„Wenn sie wenigstens ordentlich blank wären," sagte Annchen Amsee und deutete verächtlich auf einen fast schwarzen Armring. Etliche Buben und Mädel standen nämlich wieder einmal vor den ausgegrabenen Sachen. Es war Sonnabend nachmittag, aber obgleich schulfrei war, waren die Kinder nicht in den Wald gelaufen, wo die Herren das Grab wieder zuschütten ließen, nur ein paar ganz neugierige Buben waren mitgerannt, den andern war es eben zu langweilig. Morgen wollten die drei Herren abreisen, und der Wirt sagte wichtig zu den Kindern: „Seht euch nur alles noch einmal gründlich an, die Sachen kommen nachher in ein Mu – se – um, ja, so hat der Herr Geheimrat gesagt!"

„Was ist denn das für ein Ding, Oheim?" fragte Heine Peterle.

„Hm ja," Kaspar legte den Finger an die Nase, „das ist, nun das ist eben eine große Truhe."

„Aber so schmutzig, wie alles ist," rief Waldbauers Mariandel, die ein kleines, sauberes Mädel war und himmelgern putzte und wischte. „Wir wollen es blank putzen," schrieen Annchen Amsee und Schulzens Röse begeistert, „gelt ja, wir dürfen?" fragten sie den Wirt. „Der Herr Geheimrat wird sich sicher arg freuen."

„Na ja, hm, ich weiß nicht recht, gut wär's freilich schon, wenn der Schmutz runter käme," sagte Kaspar nachdenklich.

Die Mädel bettelten und baten, die Buben halfen ihnen, und endlich erlaubte es der Wirt; er dachte auch, die Gäste würden sich schon freuen.

Flink holten nun Annchen Amsee und Mariandel Sand, Seife, Scheuerbürsten und Lappen herbei, die Buben standen mit den Händen in den Hosentaschen da und sahen zu, und Heine Peterle befahl, als sei er mindestens ein General: „Zuerst den Säbel!" Damit meinte er das Schwert, aber das wollten die Mädel nicht anfassen, davor graulten sie sich. „Vielleicht ist mal jemand damit totgestochen worden, brr, nä," rief Annchen Amsee und schüttelte sich, als sei sie ein Apfelbaum, von dem alle Äpfel herunterfallen sollten. Mariandel ergriff einen Armring und sagte: „Wir wollen erst mal sehen, ob es geht. Pfui, ist das Ding schmierig!" Das kleine, handfeste Mädel rieb tapfer mit Seife, Sand und der Scheuerbürste an dem uralten Reif. „Na, das geht aber schwer," stöhnte sie, rieb und rieb und siehe da, der Schmutz ging wirklich etwas ab.

„Macht nur nichts entzwei," warnte der Wirt die Eifrigen.

„Bewahre," riefen die Buben, als wären sie es, die putzten, „wir passen schon auf!"

„Na, euch brauchen wir gar nicht," erwiderte Annchen Amsee schnippisch, „ihr steht uns ja nur im Wege."

Schulzens Jakob wollte gerade seine Entrüstung über diese Frechheit aussprechen, als sich die Türe öffnete und der Herr Geheimrat eintrat. „Zum Donnerwetter, was macht ihr denn da?" schrie er so laut und so wütend, daß Mariandel vor Schreck gleich mit ihrer Scheuerbürste hintenüber purzelte.

„Wir putzen," stammelten Annchen Amsee und Krämers Trude, „wir..." Weiter kamen sie nicht, der Geheimrat riß ihnen die Reifen aus den Händen, und dabei schalt und wetterte er so, daß es den Buben und Mädeln himmelangst wurde und der Wirt mit puterrotem Gesicht erschrocken zur Türe hereinsah. „Was gibt's denn, was gibt's denn?" rief er.

„Die dummen Dinger hier," schrie ihn der gelehrte Herr an, „putzen an den Sachen herum. Nennen Sie das aufpassen, Herr Wirt?"

„Hm ja," murmelte Kaspar ganz verdattert, „schmutzig genug ist doch das Zeug, und die Mädel wollten dem Herrn Geheimrat doch eine Freude machen!"

„Eine Freude!" Der Geheimrat schaute drein, als wüßte er nicht, ob er lachen oder vielleicht jemand eine Ohrfeige geben sollte, und die Mädel brachen vor Angst in ein so furchtbares Jammergeschrei aus, daß der Geheimrat sie entsetzt anstarrte. Sein Zorn legte sich ein wenig, da er sah, daß der angerichtete Schaden noch nicht groß war, und er sagte etwas freundlicher: „Aber Kinder, weint doch nicht so!"

Wenn die Oberheudorfer Mädel aber einmal heulten, dann besorgten sie das gleich gründlich. Mit drei Tränlein vielleicht war bei ihnen die Sache nicht abgetan, Taschentuch und Schürze mußten zum Ausringen naß sein, und an Geschrei durfte es auch nicht fehlen. Zum Überfluß stand noch Mine an der Türe und heulte mit, Kastor, der Haushund, bellte dazu, die Buben schnitten grimmige Gesichter, und draußen auf der Dorfstraße schnatterten die Gänse, bellten die Hunde, und Schuster Pechdraht schaute zu dem offenen Fenster hinein und fragte: „Was haben denn die Mädel, was fehlt ihnen denn?"

Der Geheimrat sah sich ratlos um: der Lärm war ja gräßlich, die Ohren hätte man sich zuhalten mögen bei diesem Geschrei. Ihm riß schließlich die Geduld, und er schrie empört: „Hinaus, macht, daß ihr alle hinauskommt!"

„Er haut!" schrie Anton Friedlich erschrocken, und hops! war er an der Tür. Er rannte Mine und Kastor beinahe um, und wie die wilde Jagd folgten ihm die andern. Ein Scheuereimer wurde umgeworfen, ein Stück Seife flog in eine Ecke, eine Scheuerbürste fiel dem Geheimrat vor die Füße, und der alte Herr fing da plötzlich an zu lachen, laut und herzlich. „Er ist übergeschnappt," jammerte Mine und flüchtete in die Küche. Dem Geheimrat aber kam die Geschichte nun doch sehr komisch vor, er lachte noch, als seine beiden Gefährten zurückkamen. Er zeigte ihnen die Putzversuche und sagte: „So etwas ist mir auch noch nicht vorgekommen, nein, so dumme Mädel!"

Im Dorf sagten ihm später dies Wort nur etliche Leute nach, die meisten fanden, die Mädel wären doch aber sehr brav gewesen, und dem schmutzigen, alten Kram wäre das Putzen schon recht gewesen; viel dümmer sei es, ihn schmutzig zu lassen!

„Nä, schmutzig müssen die in der Stadt aber sein," sagte Heine Peterle verächtlich und wischte sich mit seinem Jackenärmel seine kleine Stupsnase ab. „Pfui, nicht mal putzen lassen die die alten Sachen!"

„Pfui!" riefen auch die Mädel verächtlich, die noch immer tief beleidigt waren.

Die drei gelehrten Herren aber packten ihre ausgegrabenen Sachen geschwind sorgsam ein; sie hatten Angst, es könnte sie noch jemand mit Sand und Seife abscheuern wollen. Am nächsten Morgen, der sonntäglich hell und schön war, ging der Geheimrat noch einmal nach dem Hünengrab hinaus, das wieder sorgfältig zugeschüttet worden war. Als er hinaus kam, fand er Friede draußen. Der Bube saß auf den Steinen, er hatte den Stachelbeerstrauch, den man achtlos beiseite geworfen hatte, neben sich liegen und weinte bitterlich.

„Warum weinst du denn?" fragte der alte Herr den Knaben mitleidig.

Der hob seine blauen Augen zu dem gelehrten Herrn empor und sagte leise, zaghaft: „Der Busch hier ist ausgerissen worden und alles zerstört. Und – es war doch so schön!" Dann sprang er rasch auf, nahm den Stachelbeerbusch und lief davon.

Kopfschüttelnd sah der Geheimrat ihm nach: „Eine wunderliche Gesellschaft, diese Oberheudorfer Kinder, höchst merkwürdig! Ein Bube, der weint, weil man ein paar Büsche ausgerissen hat, ist wirklich sehr merkwürdig; ich glaube beinahe, in dem steckt ein Dichter. Na, ich werde den Kindern eine große Zuckertüte schenken!" Das tat der Geheimrat auch, und seitdem finden ihn alle Oberheudorfer Buben und Mädel sehr nett. Annchen Amsee aber sagte: „Er hat sich halt doch über unsere Putzerei gefreut."

In Muhme Lenelies' winzigem Garten fand der Stachelbeerbusch von dem Hünengrab noch ein Plätzchen, und Friede pflegte ihn, als sei er der kostbarste Strauch der

Welt.

Nachtwächter sein ist manchmal schwer.

In Oberheudorf sagten die Leute wohl manchmal von einem, der recht, recht gut schläft: Er schläft so fest wie Hans Rumps. Darüber war dann allemal Hans Rumps, der Nachtwächter, sehr ärgerlich; er wollte das nicht gern hören, weil doch eigentlich ein Nachtwächter wachen und nicht schlafen soll. Aber freilich, viel zu wachen gab es in Oberheudorf nicht, es passierte selten ein Unheil. Wenn es wirklich einmal brannte, dann war das Feuer meist so freundlich, am Tage auszubrechen, oder andere Leute merkten es und schrieen gleich so gewaltig, daß selbst Hans Rumps aufwachte und dann immer noch Zeit hatte, in sein Horn zu blasen. Spitzbuben und anderes lichtscheues Gesindel ließ sich kaum in Oberheudorf sehen. Hans Rumps meinte, weil sie alle Angst vor ihm hätten, die Dorfbewohner aber dachten, wohl weil ihr Dorf abseits von der großen Landstraße liegt und selbst Spitzbuben manchmal zu faul sind, erst Umwege zu machen. Mitunter hatten der Schulze und andere Bauern schon gesagt, eigentlich brauchten sie gar keinen Nachtwächter mehr, einen Nachtwächter zu haben, sei überhaupt gar nicht mehr Mode.

Potztausend, dann schimpfte aber Hans Rumps, wenn er so etwas hörte. Er meinte, ein Nachtwächter sei etwas ungeheuer Notwendiges und Wichtiges; wenn die Leute in den Städten so dumm wären und statt Nachtwächter Polizisten hätten, na gut, das mochten sie, aber ein

Nachtwächter sei eben doch am besten, und Oberheudorf ohne Nachtwächter sei gar nicht auszudenken. Im Ernst dachte schließlich auch niemand daran, Hans Rumps seinen Posten zu nehmen. Von seiner Wichtigkeit waren freilich nur wenige überzeugt, aber das schadete nichts, er selbst war es desto mehr.

Weil nun Hans Rumps schließlich doch nicht Tag und Nacht schlafen konnte, spazierte er in der Zeit, in der er wachte, gern auf der Dorfstraße herum und tat, als hätte er tausend notwendige Dinge zu tun. Passierte irgend etwas im Dorf, und der Nachtwächter erfuhr es, dann konnte man sicher sein, daß es eine halbe Stunde später alle andern Leute auch wußten.

Mit den Kindern war Hans Rumps meist gut freund, die erzählten ihm gern alle ihre Schulgeschichten, und wenn der Nachtwächter langsam und feierlich durch das Dorf ging, dann hopsten meist ein paar Buben und Mädel neben ihm herum und schwätzten mit ihm.

Muhme Lenelies sagte manchmal: „Es hat halt jeder Mensch mitunter seinen Linksaufstehtag, an dem er nicht weiß, ob er mit der Sonne Streit anfangen oder dem Wind das Blasen verbieten soll." So einen Linksaufstehtag hatte nun Hans Rumps auch mitunter, und dann war mit ihm nicht gut Kirschen essen, dann brummte und schalt er über alles, dann schrie er die Gänse an, sie sollten das Schnattern lassen, die Hühner sollten mehr Eier legen, und die Kinder hätte er dann am liebsten den ganzen Tag in der Schule nachsitzen lassen.

An einem solchen Tage nun fand der Nachtwächter einmal mitten auf der Dorfstraße ein paar Holzpantoffel. Heine Peterle hatte sie stehen lassen, weil es ihm einfiel, daß das Barfußlaufen an einem heißen Tage behaglicher sei. Die

Pantoffel erst nach Hause zu tragen, das war ihm zu anstrengend gewesen, er hatte sie einfach auf der Straße stehen lassen und gedacht: Wenn ich zurückkomme, nehme ich sie mit. Schulzens Jakob, Anton Friedlich und noch einige andere Buben hatten ihn nämlich zum Indianerspielen aufgefordert, und dazu war es ihm gerade nicht zu heiß.

Hans Rumps sah auch die Holzpantoffel an, schüttelte mit dem Kopf, zog die Stirn in Falten, bückte sich endlich, hob die Pantoffel auf und trug sie finster bis an den Dorfteich und – warf sie hinein. „Es muß Ordnung auf der Dorfstraße sein," murrte er, „mit dem Kindervolk ist's auch nicht mehr auszukommen."

Annchen Amsee und Bäckermeisters Mariele, die am andern Ufer sehr eifrig mit ihren kleinen Geschwistern Puppenwäsche abhielten, sahen die Untat; sie schrieen laut auf vor Empörung, und Annchen Amsee wäre beinahe vor Schreck in das Wasser gefallen. Hans Rumps ärgerte sich über das Geschrei, hob drohend die Hand empor und sagte scheltend: „Ich werde euch in das Spritzenhaus sperren, wenn ihr so schreit!"

Das war doch arg! Die Mädel sahen sich ganz entsetzt an ob dieser Grobheit, dann nahmen sie eins, zwei, drei Wäsche, Puppen und kleine Geschwister und zogen heim. Unterwegs trafen sie die Buben, die gerade in voller Indianeraufregung ankamen. Ihnen erzählten die Mädel empört, was geschehen war, und nicht lange nachher standen sämtliche Oberheudorfer Buben und Mädel um den Teich herum, auf dem Heine Peterles Pantoffel schwammen, und lärmten, als zöge der Feind mit hundert Kanonen auf Oberheudorf los.

Hans Rumps aber war in seiner schlechten Laune erst

zum Schulzen und dann zum Herrn Lehrer gegangen und hatte die Kinder verklagt; sie wären ausbündig ungezogen. Der Schulze war gerade arbeitsmüde vom Felde heimgekommen und hatte ein großes Amtsschreiben vorgefunden, das er beantworten sollte. Nun kam auch noch der Nachtwächter mit seiner Klage. Das war ihm zu toll. Er lief hinaus und hielt den Buben und Mädeln eine solche Strafrede, daß es denen zumute war, als prasselten Hagelkörner auf ihre Köpfe hernieder. Sie waren anfangs so verdutzt, daß sie überhaupt nichts sagen konnten, als aber der Herr Lehrer auch noch dazukam, gefolgt von Hans Rumps, und auch noch schelten wollte, da erhoben Mädel und Buben ein furchtbares Jammergeheul. Sie schrieen und klagten: „Wir haben ja nichts getan!"

Heine Peterles Holzpantoffel, die eigentlich das ganze Unheil angerichtet hatten, schwammen inzwischen ganz vergnügt auf dem Teich herum. Ein leichter Wind hatte sich erhoben und bewegte ein wenig das Wasser. Schnipfelbauers Fritz, dem das Schelten und Klagen etwas langweilig geworden war, hatte eine Bohnenstange am Teichrand gefunden. Damit bemühte er sich in allem Wirrwarr, die Pantoffel an das Land zu ziehen, und gerade als Hans Rumps seine Anklage vorbringen wollte, platschte es, das Wasser spritzte hoch auf, und – zwei Bubenbeine ragten einige Sekunden zappelnd in die Luft.

Entsetzt sprangen der Schulze und der Lehrer herbei, und so schnell als er hineingefallen war, so schnell kam Schnipfelbauers Fritz auch wieder aus dem Wasser heraus. Er schluckte, pustete, spuckte und schrie, der Schulze aber fuhr ihn an: „Mach, daß du nach Hause kommst, dummer Bengel du! Und ihr andern schert euch auch fort, sonst fallen noch ein paar von euch ins Wasser. Nun marsch, kehrt, drückt euch!"

Damit endete die Geschichte. Hinterher fand der Schulze, daß eigentlich nur Heine Peterle einen Rüffel verdient hätte, denn Holzpantoffel dürfen eben nicht auf der Dorfstraße stehen. „So ein Gezeter um ein Paar Holzpantoffel," brummte er Hans Rumps an, „was soll denn das heißen? Haben die Dinger vielleicht gebissen?"

Der Nachtwächter zog beschämt von dannen, ging heim und legte sich schlafen, um sich für den Nachtdienst zu stärken.

Die Kinder aber waren empört, sie waren alle miteinander bitterböse auf Hans Rumps. Am ärgerlichsten war Heine Peterle. Der Bube bekam daheim noch einmal Schelte, und das wäre alles nicht gewesen, wenn der Nachtwächter die Pantoffel nicht in den Teich geworfen hätte. „Hans Rumps nimm dich in acht!" murmelten die Buben in den nächsten Tagen, und die Mädel flüsterten und tuschelten einander zu: „Sie spielen ihm einen Streich."

Dem Nachtwächter selbst war es gar nicht behaglich zumute. Als sein Linksaufstehtag zu Ende war, sah er ein, daß er den Kindern doch eigentlich unrecht getan hatte; er ärgerte sich darüber und war darum noch dreimal schlechterer Laune als vorher. Er schnitt ein Gesicht, als sollten alle Nachtwächter der Welt auf eine wüste, einsame Insel verbannt werden, und jeder, der in diesen Tagen Hans Rumps traf, erschrak vor dessen bitterböser Miene.

Etliche Tage vergingen, und der Freitag kam heran. An diesem Tage butterten alle Oberheudorfer Bauernfrauen, zählten ihre Eier zusammen, pflückten Obst und Gemüse ab, denn am Sonnabend fuhren immer etliche in aller Morgenfrühe in die nächste Stadt, um dort auf dem Markt ihre Sachen zu verkaufen. Meist fuhren drei bis vier Frauen, und die andern gaben ihnen ihre Waren mit. Die

Bäuerinnen wechselten meist mit dem Fahren ab, sie sparten auf diese Art viel Zeit.

Hans Rumps konnte den Sonnabend gar nicht leiden, der begann immer viel früher als andere Tage, und meist wurde er gerade im schönsten Morgenschlummer gestört, was er nicht gut vertragen konnte. Er wollte aber auch dabei sein, wenn die Bäuerinnen abfuhren, er hielt das für seine Pflicht. Die Bäuerinnen sagten zwar, es sei Neugier, und neugierig war nun Hans Rumps wirklich sehr. Der Freitagabend war sehr schön und warm, ja man konnte schon sagen heiß. Hans Rumps, der sich sonst gern in eine Scheune legte, wenn er die zehnte Stunde abgeblasen hatte, legte sich an diesem Abend auf die Bank unter der Linde, die gerade vor dem Wirtshaus „Zur himmelblauen Ente" stand. Hier pflegten sich am Morgen alle Bauernfrauen zu versammeln, hierher kamen sie mit ihren Wagen, und die andern, die daheim blieben, brachten ihre Waren. Der Nachtwächter war also gleich dabei, und verschlafen konnte er es nicht; die Frauen sprachen meist lebhaft miteinander, da wurde er schon munter.

Es war ein heller Sommerabend. Der Mond stand rund und voll am Himmel und guckte recht behaglich auf Oberheudorf hinab. Das war so ein kleines Nest, an dem der Mond immer seine besondere Freude hatte; er schaute darum auch stets ordentlich liebevoll in alle Ecken und Winkel hinein. Jedes Haus, jeder kleine Schuppen, jeder Baum, ja selbst jeder Strauch im Gartenwinkel bekam ein Scheinchen Himmelsglanz. Und in manches Mädchenstübchen und Bubenkämmerlein lugte der Mond hinein, sah sich die Schlafenden an und dachte wohl: „Wenn sie so friedlich schlafen, sieht man es ihnen gar nicht an, was für wilde, unnütze Buben und Mädel es eigentlich sind." An diesem Sommerabend nun machte der Mond so ein verwundertes Gesicht, daß ein berühmter Professor, der das liebe Himmelslicht gerade durch ein Fernrohr betrachtete, erstaunt ausrief: „Alle Wetter, ja, was fällt denn dem Mond ein? Bei dem scheint etwas nicht in Ordnung zu sein."

An des Mondes verändertem Aussehen war aber niemand weiter schuld als Heine Peterle, Schulzens Jakob, der dicke und der blaue Friede und Schnipfelbauers Fritz. Die fünf Buben kamen barfuß und nur mit Hemd und Höschen bekleidet sacht aus den Häusern heraus. Vor Anton Friedlichs Vaterhaus blieben sie ein Weilchen stehen und warteten, aber drinnen rührte und regte sich nichts, nur der Hofhund begann zu bellen, und da wurde es den Buben unheimlich, und sie zogen ab. Drinnen im Hause aber saß Anton auf der obersten Treppenstufe und traute sich nicht hinabzugehen, weil die Treppe so knarrte, daß er meinte, alle im Hause müßten davon aufwachen. Ach, und er wäre so gern dabeigewesen bei dem dummen Streich, den seine Kameraden jetzt leise im Mondschein unter heimlichem Wispern und Kichern ausführten.

Die Geschichte kam allen fünf Buben unendlich komisch vor. Heine Peterle steckte einmal beide Hände in den Mund, um nicht herauszuplatzen, und der dicke Friede führte die wunderlichsten Sprünge aus vor Vergnügen, Schnipfelbauers Fritz gar legte sich platt auf die Erde, versteckte sein Gesicht im Gras und strampelte mit den Beinen, so mußte er lachen. Hans Rumps aber schlief tief und fest, schlief einen rechten, guten Nachtwächterschlaf und merkte gar nichts von allem dem, was um ihn herum vorging. Er träumte sogar allerlei höchst angenehme Dinge, von einem riesengroßen Kalbsbraten und einer Leberwurst, und im Traume hörte er jemand sagen: „Hans Rumps soll nächstens Nachtwächter in Berlin werden, der Kaiser hat es gewünscht!" Aber dann wollte ihm jemand die Leberwurst wegnehmen, und irgend etwas kitzelte ihn an der Nase, heizih! nieste er und schlief dann weiter.

„Er hat nichts gemerkt," wisperte und tuschelte das neben ihm, und dann krachte es oben in den Zweigen der Linde, huschte hierhin und dahin, und der Mond wurde immer runder vor Erstaunen. Was war nur heute in Oberheudorf los?

Sehr früh am Morgen, die Sonne träumte noch hinter lichtroten Wolkenschleiern, wurde es auf dem Dorfplatz lebendig. Die Bäuerinnen kamen, um die Wagen zur Marktfahrt zu rüsten. Die Schulzin war zuerst zur Stelle, gleich nach ihr kam die Schnipfelbäuerin, die ein braunes Pferdchen am Zügel führte. „Schnipfelbäuerin, kommt nur und seht," rief die Schulzenfrau, und der Waldbäuerin, die hinterdrein kam, rief sie es auch zu. Und nun kamen die andern Frauen auch, eine nach der andern, und alle stellten sich um die Bank herum, auf der Hans Rumps noch immer im tiefen Schlaf lag, und lachten, lachten so laut und herzhaft, daß der Nachtwächter erschrocken aufsprang. „Es brennt," rief er, „es brennt!" Er griff nach seinem Horn und wollte blasen. „Potztausend," schrie er verdutzt, „was ist denn das?" Statt des Hornes hielt er einen alten hölzernen Hampelmann im Arm.

Er sprang auf und platschte mit beiden Beinen in eine Wasserbütte. Das Wasser spritzte hoch auf, die Frauen wichen lachend und schreiend zurück, Hans Rumps aber griff nach seinem Kopf und rief: „Das ist verhext, das ist verhext!" Plumps rutschte ihm ein dicker, gelber Ringelblumenkranz über die Nase und lag dann wie eine Krause um seinen Hals.

Hilflos starrte der Nachtwächter um sich. Was war nur mit ihm geschehen? Da fiel sein Blick auf seinen Stock, an dem seine Laterne sonst hing. Nein, sein Stock war das doch nicht, auf einer Bohnenstange hing ein alter Blechtopf. „Und keine Knöpfe hat er am Rock," rief die Schulzenfrau, und die andern Frauen wiederholten: „Keine Knöpfe!"

Hans Rumps sah seinen Rock an, auf dessen blanke Knöpfe er so stolz war: Tannenzapfen bammelten daran, von Knöpfen war nichts zu sehen. „Ich träume, ja, ja, das ist eben ein Traum," murmelte er, „natürlich, na freilich, ich träume!"

„Unsinn," rief die Schulzenfrau, „das ist kein Traum, das ist ein Schabernack, den die Buben Euch gespielt haben, Hans Rumps. Ganz sicher, die Buben sind's gewesen, denn das da ist unser alter Kaffeetopf, den ich erst vor ein paar Tagen fortgeworfen habe. Die Bütte gehört auch uns, na, und Schnipfelbäuerin, den Hampelmann müßt Ihr doch kennen."

„Na ob," sagte die Schnipfelbäuerin, „der gehört meinen Kindern. So gewiß, wie ich die Schnipfelbäuerin aus Oberheudorf bin, so gewiß sind das die Buben gewesen, die dies angerichtet haben. Meint Ihr nicht auch, Muhme Lenelies?"

Die Muhme war als letzte herbeigekommen, sie nickte: „Freilich, freilich sieht das wie ein Bubenstreich aus, oder vielleicht sind's gar Heine Peterles Holzpantoffel gewesen!"

„Darum," murmelte Hans Rumps, „darum! Nä, so eine

verflixte Bande!" Und dann schrie er angstvoll: „Ach du meine Güte, nä, nun haben die ja wohl mein Horn und meine Knöpfe in den Teich geschmissen. So was, nä, so was! Ich bin ja gar kein Nachtwächter mehr, ich habe kein Horn, ich habe keine Knöpfe, ich habe keine Laterne! Ich beschwere mich, ich gehe zum Herrn Grafen, dem Gericht zeige ich es an, unserem Herzog sage ich es, ich, ich, ich –"

Hier ging Hans Rumps vorläufig die Luft aus, er sank wieder auf die Bank zurück und starrte die Frauen verzweifelt an. „Seht doch nach oben," sagte da auf einmal Muhme Lenelies mit leisem Lachen, und alle schauten empor in das Blättergewirr der Linde. Es sah aus, als hätte die gute, dicke Linde in der warmen Sommernacht durchaus ein Weihnachtsbaum werden wollen. Sie hatte sich allerlei aufhängen lassen: da baumelte eine Laterne, eine Mütze und ein Horn, und mit bunten Wollfäden waren einzeln die blanken Knöpfe vom Nachtwächterrock angebunden.

„Potztausend, das nenne ich einen guten Schlaf," rief die Schulzenfrau. „Da liegt der Nachtwächter und merkt nicht, daß ihm die bösen Buben seine Knöpfe abschneiden!"

„Ich soll geschlafen haben, ich – ich?" stotterte Hans Rumps verlegen. Es schien ihm selbst sehr unglaublich, am liebsten hätte er sich gleich wieder auf die Bank gelegt und darüber nachgedacht, ob er wirklich geschlafen habe; da dies aber doch nicht anging, begann er, seine Sachen von der Linde herabzuholen. Er seufzte und stöhnte dabei jämmerlich und schalt ärgerlich vor sich hin, während die Frauen unter Lachen sich daran machten, ihre Wagen zu rüsten. Jeden Knopf sah Hans Rumps ängstlich darauf an, ob die Buben ihn auch nicht verdorben hatten, und immer dachte er: „Wenn es nur wenigstens niemand gemerkt hätte, dann wäre es ja weiter nicht schlimm. Ob die Frauen wohl davon still sind, wenn ich sie darum bitte?" Er schleuderte ärgerlich den Kranz weit fort und stülpte sich seine Mütze auf. Nun hing nur noch sein Horn auf der Linde, sein geliebtes Horn. „Verflixte Buben, wie die auch klettern können," seufzte er und griff nach dem Horn. Heil und unversehrt kam es in seine Hände, er dachte aber doch: Vielleicht haben sie es verdorben und gar was hineingesteckt. Er setzte es an und blies hinein, so leise, daß er selbst nichts hörte. Er blies noch einmal, etwas stärker, ein Ton kam heraus, aber er meinte, der klänge gar nicht so wie sonst. Hans Rumps wurde es ganz unheimlich zumute, sein Horn war vielleicht kaput. Und auf sein Horn war er doch so stolz, ohne Horn war er doch gar kein richtiger Nachtwächter mehr, auf das Horn kam es doch an und nicht auf das dumme Wachbleiben.

Er stöhnte schwer, dann setzte er mit aller Kraft an und blies in sein Horn hinein, daß es nur so schmetterte. „Ha, es geht," frohlockte Hans Rumps und blies und blies im Eifer, daß es die Leute in jedem Hause hörten.

Die Frauen waren erschrocken zusammengefahren. „Mein Himmel, was macht Ihr denn?" rief die Schnipfelbäuerin, und die Waldbäuerin ächzte: „Mir ist der Schreck in die Beine gefahren, Hans Rumps, was soll denn das?"

„Feuer, Feuer, es brennt, es brennt!" schrie in diesem Augenblick Kaspar auf dem Berge und kam zur ‚Himmelblauen Ente' herausgestürzt. Magd und Knecht folgten ihm. Auch aus den andern Häusern stürzten die Leute heraus. Muhme Rese kam mit der Kaffeekanne in der Hand, und der Schulze zog sich noch auf der Gasse seine Weste an. Auch der Pfarrer und der Lehrer kamen herbei, und alle wollten sie wissen, wo es brenne.

Hans Rumps stand ganz verdattert da. Er hielt sein Horn ängstlich an sich gedrückt und stammelte, immer verlegener werdend: „Daran sind nur die verflixten Buben schuld, oh nä, die Buben, die Buben, die Buben!"

„Nehmt mir das nicht übel, Hans Rumps," sagte die Schulzenfrau lachend, „aber ein bißchen dösig scheint Ihr mir zu sein. Ja, nun blast Ihr noch das ganze Dorf zusammen, damit alle erst erfahren, wie es Euch ergangen ist!"

Nun erfuhren es wirklich alle, was die Buben dem armen Nachtwächter für einen Streich gespielt hatten.

„Und das soll nun ein Nachtwächter sein!" rief der Bäcker. „Der merkt es ja nicht einmal, wenn das ganze Dorf weggetragen wird!"

„Doch, doch," brummelte Hans Rumps, „ich merk's schon, ich merke alles. Aber die Buben, nä, die heillosen Buben, die sind zu unnütz!"

Von diesen unnützen Buben nun ließ sich merkwürdigerweise kein einziger sehen, und sie waren doch sonst überall, aber auch überall, wo es was zu sehen gab, dabei. Selbst die, die nicht mitgemacht hatten, blieben fern, es war doch sicherer. Und in der Schule waren sie alle an diesem Morgen so erschrecklich brav, daß der Herr Lehrer dachte: „Ja, man merkt das schlechte Gewissen!"

Der arme Hans Rumps aber ging tiefbetrübt nach Hause. Dort trank er Kaffee, aß sechs Klappbrote dazu und legte sich danach zu Bett, er mußte sich ausschlafen von den Anstrengungen der Nacht. Nachher wollte er selbst die Buben bestrafen, hatte er gesagt. Als er mittags aber aufstand, stieg er mit dem rechten Bein aus dem Bett. Natürlich hatte er da gleich gute Laune, und dann hatte ihm die Schulzenfrau ein Gericht Schweinefleisch mit

Sauerkraut geschickt und eine andere Bäuerin ein Stück Wurst, da wurde Hans Rumps noch vergnügter. Es tat ihm daher ordentlich leid, daß er die Buben bestrafen wollte, und als er sie nachher auf der Dorfstraße sah, ging er ihnen aus dem Wege.

Die Buben machten es ebenso, denn sie hatten ein sehr schlechtes Gewissen.

Drei Tage lang gingen sich Nachtwächter und Buben aus dem Wege, Hans Rumps, weil er nicht wußte, wie er die Buben bestrafen sollte, und diese, weil sie nicht wußten, ob sie bestraft werden würden. Und dann waren sie auf einmal alle miteinander wieder gute Freunde. Wie es gekommen war, das wußten sie selbst nicht recht, aber sie waren es. Hans Rumps hatte gelächelt, als er Heine Peterle sah, und Heine Peterle hatte gelacht, und dann war Schulzens Jakob dazugekommen, und der hatte gesagt: „Das Feuerlärmblasen, das war mal ein feiner Spaß!"

„Na freilich," sagte der Nachtwächter stolz, „ich kann auch Spaß machen."

Über diesen Witz lachten die Buben so sehr, daß geschwind noch ein paar andere dazukamen, und dann standen sie alle miteinander einträchtig auf der Dorfstraße, schwatzten und lachten, und niemand dachte an eine Strafe. Hans Rumps blieb Nachtwächter und ist es immer noch. Was sollte ohne ihn auch aus Oberheudorf werden!

Schauspieler sind da!

„Was ist denn das?" fragte Schnipfelbauers Fritz, als er an einem Maitag so geschwind aus der Schule herauskam, wie er nie hineinlief. Das Herauskommen war dem Fritz nämlich das Angenehmste von der ganzen Schulgeschichte. Er riß seine Augen so weit auf, als müßten durchaus ein paar Suppenteller daraus werden. Nein, diese Überraschung!

„Was ist denn das?" riefen nun auch alle Buben und Mädel, die nach Fritz aus der Schule kamen, und es gab an diesem Tage erstaunlich viele aufgerissene Augen und offene Münder in Oberheudorf.

Es war aber auch etwas sehr, sehr Seltsames, was da auf der Dorfstraße stand. Ein großer grüner Wagen war es, der Fenster hatte mit kleinen Gardinen daran, und vor dem Wagen standen etliche Damen und Herren, richtige Städter. Die sprachen mit dem Schulzen; der sah sehr wichtig drein und sagte endlich laut und vernehmlich, er hätte nichts dagegen.

„Wie in Niederheudorf zum Vogelschießen sieht es aus," sagte Heine Peterle bewundernd.

Aber ach, was waren alle Wunder des Niederheudorfer Vogelschießens, was waren Karussell, Pfefferkuchen, ja selbst das Kasperletheater gegen die Herrlichkeit, die jetzt in Oberheudorf ihren Einzug hielt! Schauspieler waren gekommen, es sollte in dem großen Saal des Wirtshauses „Zur himmelblauen Ente" Theater gespielt werden. Kaspar auf dem Berge, der Wirt, war unendlich stolz; der Herr Schauspieldirektor hatte zu ihm gesagt, so einen wundervollen Wirtshausnamen hätte er noch nie gehört, überhaupt scheine ihm das Oberheudorfer Publikum sehr viel Interesse für die Kunst zu haben.

Das war nun wahr, wenigstens die Kinder standen unentwegt und starrten das Wirtshaus an, als hätten sie es noch nie gesehen. Und wenn einer der Schauspieler nur die Nasenspitze zur Türe hinaussteckte, gleich gab es ein fürchterliches Geschrei, die Buben und Mädel stießen und drängten, als wollten sie die „himmelblaue Ente" umreißen.

Der Schulze hatte nichts gegen das geplante Spiel, und die Dorfleute freuten sich. Sie hatten gerade genug Zeit, in das Theater zu gehen, denn die Heuernte sollte erst in der nächsten Woche beginnen. Die Kinder aber fanden es über alle Maßen wundervoll, denn der Herr Theaterdirektor hatte gesagt, das Stück, das gespielt würde, sei für Erwachsene und für Kinder. Da wurden Sparbüchsen geleert, und mancher Bube oder manches Mädel, das in der nächsten Zeit Geburtstag hatte, wünschte sich das Eintrittsgeld im voraus als Geburtstagsgeschenk. Gab das einen Lärm und ein Geschrei unter den Kindern! Hatte eins die Erlaubnis erhalten, in das Theater zu gehen, dann schrie es die Neuigkeit die ganze Dorfstraße entlang. Von allen Buben aber war keiner aufgeregter als der dicke Friede und Heine Peterle. Die beiden vergaßen zuerst gänzlich, daß sie Schularbeiten zu machen hatten, ja sie vergaßen fast Essen und Trinken darüber, sie standen und bohrten beinahe Löcher in den grünen Wagen mit ihren Blicken.

Am Freitag waren die Schauspieler in Oberheudorf eingezogen, und am Sonntag sollte gespielt werden. Als die Kinder am Samstag wieder aus der Schule kamen und natürlich alle am Wirtshaus vorbeirannten, als sei das der einzig richtige Heimweg, da kam ihnen gerade der Herr Direktor entgegen. Der blieb stehen und schaute die Kinder so forschend an, als wäre er ein Schulrat und wollte prüfen, was sie gelernt hätten. Einigen war das Ansehen unheimlich, die liefen fort, etliche aber blieben stehen, darunter natürlich der dicke Friede und Heine Peterle. Und als hätte der Herr Direktor ihre allergeheimsten Wünsche erraten, so war es, er lächelte plötzlich und fragte sehr freundlich: „Wollt ihr beide mitspielen, ja?"

Heine Peterle, der sonst eigentlich nicht auf den Mund gefallen war, brachte kein Wort heraus, der dicke Friede aber schrie aufgeregt: „Ja!" Es klang, als wollte er das Dorf in Feuersbrunst und Wassergefahr zusammenschreien. Der Herr Direktor trat vor Schreck einige Schritte zurück. Dann aber lächelte er doch wieder und sagte: „Na, dann kommt nur mit mir, ich will euch sagen, was ihr zu tun habt."

An diesem Nachmittag sprachen die Oberheudorfer Buben und Mädel von nichts weiter als von Heine Peterles und des dicken Friedes Theaterspiel. Wenn sich einer der beiden Buben sehen ließ, und die rannten immer mit hochroten Gesichtern und ungeheuer wichtigen Mienen vor der „himmelblauen Ente" auf und ab, liefen hinein und kamen heraus, dann stürzten gleich ein paar Buben und Mädel auf sie zu und schrieen: „Erzählt uns doch was! Seid ihr ein König? Was zieht ihr denn an? Müßt ihr ein Gedicht sagen?"

Aber die beiden neuen Schauspieler blieben stumm und taten, als wären sie bis an den Rand vollgestopft mit Geheimnissen. Sie lächelten nur gnädig, als wäre ohne sie in Oberheudorf eine Theatervorstellung nicht möglich. Von der Wichtigkeit ihrer Mitwirkung hatten sie beide auch ihre Eltern überzeugt; die hatten erst gar nicht ja sagen wollen, besonders den Müttern war es nicht recht. „Es ist und bleibt ein Unsinn," sagte Heine Peterles Mutter. „Wer weiß, was dabei für eine Dummheit herauskommt."

Aber Muhme Rese meinte: „Unser Heine Peterle wird seine Sache schon machen. Wenn der Bengel nur sagen wollte, wen er eigentlich im Spiel vorstellt."

„Dem ist sein Mund zugeklebt vor lauter Einbildung," sagte Heinrich lachend.

Damit tat der Knecht dem Buben bitteres Unrecht; sie hätten alle beide himmelgern etwas erzählt, wenn sie nur gewußt hätten, was. Sie hatten bloß dreimal über die Bühne gehen müssen, dann hatte der Direktor gesagt, sie sollten sich neben den einen Stuhl stellen, und hinzugefügt:

„Haltet nur das Maul und macht keine dummen Gesichter, das ist die Hauptsache." Der dicke Friede sagte: „Es kommt noch." Was, verriet er nicht, aber Heine Peterle tröstete sich auch mit dem Wort: „Es kommt noch." Irgend etwas Wunderbares, Herrliches mußte doch geschehen. Der dicke Friede übte sich in dieser Erwartung schon allerlei Kasperlessprünge ein, vielleicht konnte er sie gebrauchen.

Am Sonnabend abend erzählte der Wirt, der Direktor und alle Schauspieler allen, die es hören wollten, und manche hörten dreimal zu, daß Grafens auch zur Vorstellung kommen würden. Der Herr Graf Dachhausen auf Schloß Friedheim, das etwa eine Stunde vom Dorf entfernt lag, hatte dem Direktor für sich, seine Familie und seine Gäste gleich acht Billets abgekauft. Dabei hatte er gesagt, er freue sich sehr auf die Vorstellung.

Wenn Grafens kamen, durften die Oberheudorfer nicht fehlen, ja selbst von Niederheudorf kamen etliche Bauern hinauf, und der Wirt sagte stolz: „Es wird rappelvoll werden."

Es wurde auch rappelvoll. Schon eine halbe Stunde vor Beginn der Vorstellung war der Saal besetzt, nur die Plätze für Grafens waren frei, und immer, wenn die Tür aufging, dachten alle: „Jetzt kommen sie!" Endlich kamen sie auch, und der Wirt begleitete die vornehmen Gäste unter vielen Verbeugungen in den Saal hinein. Er verneigte sich rechts und verneigte sich links, und jedesmal, wenn ein Herr oder eine Dame sich setzen wollte, griff der Wirt in seiner Aufregung nach dem Stuhl, zog ihn weg und ließ den auch eine Verbeugung machen. Dabei hätte sich die Frau Gräfin beinahe auf die Erde gesetzt, im rechten Augenblick aber griff die Schnipfelbäuerin, die auf der zweiten Reihe saß, zu, und so setzte sich die Gräfin auf deren Schoß statt auf den Stuhl.

Die Gäste lachten, die Oberheudorfer lachten, zuletzt lachte der Wirt auch, obgleich er gar nicht recht wußte, warum. Er war heilfroh, als Grafens saßen, die waren es auch, und jeder im Saal dachte: „Nun kann es losgehen!"

Es war eine kleine Bühne aufgebaut worden. Ein roter Vorhang schloß den Raum gegen den Saal hin ab, und neugierig, gespannt starrten alle auf den roten Vorhang. Als der einmal ein bißchen wackelte, riefen ein paar Buben aus dem Hintergrund des Saales: „Nun geht es los!"

Es ging aber noch nicht los. Der Vorhang zitterte eine Weile, dann verhüllte er wieder ruhig die Bühne, und aus der Ecke, wo Buben und Mädel miteinander saßen, tönte ein klagendes Stimmlein: „Es dauert so lange!"

„Abwarten und dann Tee trinken," sagte Leberecht Sperling, der auch gekommen war, brummig. Aber da ging auch schon der Vorhang auseinander, und alles Warten hatte ein Ende. Das Stück begann.

Noch heute weiß niemand recht in Oberheudorf, was eigentlich gespielt worden ist. Auf dem Zettel, der draußen an dem Tor des Wirtshauses klebte, stand zwar „Die Jungfrau von Orleans. Eine romantische Tragödie von Friedrich von Schiller". Das klang ja sehr verheißungsvoll, aber alle, die das Stück kannten, meinten, es wäre es eben nicht. Erstens war die Jungfrau kein Hirtenmädchen, sondern eine Prinzessin, dann waren die Franzosen keine Franzosen, sondern Deutsche, und dann dachten im ersten Akt alle Zuschauer, es würde vielleicht ein Lustspiel werden. Muhme Rese sagte, es würde vielleicht Genoveva gespielt, dies war nämlich das einzige Stück, das sie je gesehen hatte.

Die Hauptsache aber war, daß das Stück den Zuschauern gefiel, und das tat es. Besonders entzückt waren die Kinder;

sie fanden alles wundervoll, nur waren sie enttäuscht, daß Heine Peterle und der dicke Friede nicht gleich von Anfang an auf der Bühne waren. Doch die ließen sich erst im zweiten Akt sehen. „Mit denen wird es ganz was Großartiges," sagte Muhme Rese zu Muhme Lenelies, neben der sie saß. „Nä, nä, mein Herze zittert vor Angst, wenn ich an unsern Heine Peterle denke. Wenn er's nur recht macht!"

Gemütlich war es just eben Heine Peterle nicht zumute. Der stand mit dem dicken Friede hinter der Bühne, und beide starrten ängstlich und ehrfurchtsvoll auf die Schauspieler, die hin und her gingen und so seltsam redeten. Die beiden Buben steckten in rosenroten Pagenanzügen, dazu hatten sie gelbe Mützen auf, und goldene Leuchter, die aber nur aus Blech waren, sollten sie tragen. Ganz wundervoll kamen sie sich vor. Der dicke Friede fand freilich seine Höslein, die er sonst trug, viel bequemer als die rosenroten, die waren so eng, daß er sich gar nicht zu rühren wagte. Und Heine Peterle sah auch schon krebsrot aus, so preßte und drückte ihn das Wämslein. Die Frau Direktor aber hatte beim Anziehen gesagt: „Ja, wer der Kunst dienen will, hat es nicht leicht. Für so ein Paar dicke Dorfbuben sind unsere Pagenanzüge auch freilich nicht gemacht!"

Im zweiten Akt sollten die beiden Pagen auf der Bühne erscheinen, sie sollten neben dem Königsthron stehen ganz still und feierlich, und je näher der Augenblick kam, daß sie hinausgehen sollten, desto bänglicher schlugen ihre Herzen. Heine Peterle trat schon immer von einem Bein auf das andere, und dem dicken Friede lief der Angstschweiß über das Gesicht, als stände der Bube unter einer Regenrinne.

„Ich reiß aus," ächzte Friede einmal, und Heine Peterle seufzte tief. Ach, so schwer hatte er sich das Theaterspielen doch nicht vorgestellt. „Wenn's doch erst vorbei wäre!"

murmelte er.

„Jetzt kommt!" rief in ihr Seufzen, Stöhnen und heimliches Klagen hinein der Direktor und zog die Buben etwas unsanft auf die Bühne hinaus. Der Vorhang war noch geschlossen, aus dem Zuschauerraum tönte wie ein Brausen das Stimmengewirr. Friede seufzte laut, Heine Peterle leise, seufzen taten beide, und beide hörten vor Angst und Aufregung kaum, daß der Herr Direktor, der als König auf einem Thronsessel saß, sie ermahnte: „Steht still, zappelt nicht immer hin und her!" und dann: „Donnerwetter, Jungens, macht nicht so schrecklich dumme Gesichter!"

Die Mahnung war kaum verklungen, da schrillte eine Klingel, und schnurr ging der Vorhang auf.

„Da sind sie, nä, seht doch, seht doch!" brüllten im Zuschauerraum etliche Buben und Mädel.

„Ach wie fein!" quiekte Annchen Amsee.

„Nä, unser Heine Peterle, da ist er, da ist er!" schrie Muhme Rese. Sie vergaß ganz, daß so vornehme Gäste anwesend waren, stand auf und winkte mit ihrem Taschentuch. „Guten Tag, Heine Peterle, nä, was siehst du fein aus!" Muhme Lenelies zog die Aufgeregte rechts am Rock, Heine Peterles Mutter links, und endlich setzte sich Muhme Rese, während alle im Saal laut lachten.

Heine Peterle hatte gar nichts gehört. Den Buben da oben auf der Bühne war es zumute, als wären sie auf einmal in einem fremden Lande. Wie die Schauspieler nur redeten! Ein Mann, der mit einem Schwert immer an einen Schild schlug, schrie plötzlich den Herrn Direktor so an, daß Heine Peterle vor Schreck seinen Leuchter ganz schief hielt.

„Halte das Licht doch nicht so schief," brummte ihn ein

Ritter an, „du bekleckst mir ja mein Wams."

Erschrocken drehte Heine Peterle sein Licht nach der andern Seite und hielt es gerade einem andern Ritter unter die Nase, der eben auch etwas sagen wollte. „Kruzitürken," schimpfte der, „Bengel, du brennst mich ja an!"

Schwapp, fuhr Heine Peterle wieder mit seinem Leuchter herum, und pardauz, kollerte die Wachskerze auf den Boden, löschte aus und rollte bis an die Brüstung vor.

„Heine Peterle hat sein Licht verloren!" tönten von unten ein paar Stimmen herauf.

„Da liegt's, da liegt's!" riefen Schnipfelbauers Fritz und Annchen Amsee eifrig.

Heine Peterle blieb ganz verdattert stehen, aber Friede sprang diensteifrig zu, rannte dem Licht nach, bückte sich und –

O Jammer und Graus! Mitten hinein in des Königs bewegliche Klage um sein Land und der Königin sanftes Trösten klang ein scharfes Reißen.

Unwillkürlich hielt der König betroffen in seiner Rede inne, und aus der Kinderecke des Zuschauerraumes gellte es: „Friede, deine Hosen sind geplatzt. Friede, Friede, nä, Friede, deine Hosen!"

In das Rufen mischte sich Lachen, von der ersten Reihe kam es, da wo die vornehmen Gäste saßen, und bald lachten alle Zuschauer, dröhnend, herzhaft, lachten so, daß die Schauspieler nicht weitersprechen konnten, weil ihre Stimmen in dem Lärm verhallten. „Zieht den Vorhang zu!" stöhnte der Direktor auf seinem Königsthron, und schnurr verschloß der rote Vorhang die Bühne, und Friede mit den geplatzten Hosen war den lachenden Blicken entrückt.

Jemand wollte schelten, aber der Direktor sagte seufzend: „Laßt nur die Buben, sie fangen sonst noch an zu heulen, und ein paar Pagen müssen wir doch haben!"

Viel fehlte auch nicht, und Friede und Heine Peterle hätten geheult; es zuckte ihnen schon bedenklich um die Mundwinkel, und beiden war die Bühne nachgerade recht unheimlich geworden. Friede hielt krampfhaft seine Höslein zusammen, und Heine Peterle starrte hilflos auf sein Licht, das noch immer am Boden lag, und das er nicht zu holen wagte.

Was tun? Weitergespielt mußte werden, die Pagen wurden gebraucht, aber einen Pagen mit geplatzten Hosen und einen, dem sie vielleicht noch platzten, konnte man doch nicht an einem Königshofe brauchen. Die Frau Direktorin war es, die in dieser Not Rat wußte. Sie holte geschwind ein Paar grasgrüne Schärpen herbei, band jedem Buben eine um und steckte breit und voll eine Schleife über die geplatzte Naht. „Nun sieht es niemand," sagte sie befriedigt, „nun steht nur hübsch still und bückt euch nicht."

Der Vorhang ging wieder auf. Steif und unbeweglich, die Leuchter kerzengerade in den Händen, so standen die beiden Pagen rechts und links vorm Königsthron und ein lautes „Ah!" der Bewunderung ertönte ob der Pracht der grünseidenen Schärpen.

„Man sieht's gar nicht," flüsterte Annchen Amsee halblaut, und Waldbauers Mariandel sagte begeistert: „Nun sehen sie aber noch feiner aus!"

Der Akt ging nun ohne Zwischenfall zu Ende. Alles war sehr rührend und schön, und alle waren zufrieden. Die

Zuschauer waren es und die Schauspieler, weil es eben die Zuschauer waren. Und der Wirt war zufrieden, weil er sah, wie Grafens lachten und vergnügt dreinsahen. Am allervergnügtesten aber waren die beiden Buben oben auf der Bühne, sie meinten, sie wären bei der Aufführung eben doch die Hauptsache.

Beim nächsten Akt hatten Heine Peterle und Friede dreimal über die Bühne zu rennen. „Ihr müßt sehr aufgeregt und ängstlich tun," hatte der Direktor zu ihnen gesagt. Und die beiden befolgten seine Worte so getreulich, daß unten im Saal Muhme Rese sehr ängstlich zu Muhme Lenelies sagte: „Was haben denn nur die beiden, sind sie denn närrisch geworden? Nä, nä, die machen noch 'ne Dummheit, und der Friede denkt auch gar nicht an seine Hosen!"

„Die haben was verloren," behauptete Schulzens Jakob, und seine Schwester Röse sagte ängstlich: „Sie werden noch alles umrennen!"

Aber die Buben rannten nichts um, die Hosen platzten nicht weiter, und der Direktor sagte freundlich: „Das habt ihr brav gemacht!"

Der nächste Akt sollte einen feierlichen Krönungszug bringen, und weil die Schauspielergruppe nur klein war, mußten alle immer rund um die Bühne herum, dicht an der Rampe entlang gehen und zur einen Türe hinaus- und zur andern hineinspazieren, es sollte aussehen, als ob viele, viele Menschen über die Bühne gingen. Draußen auf einem Tisch lagen allerlei Mützen und Hüte, einmal setzten sich die Schauspieler welche auf, das nächste Mal kamen sie ohne Kopfbedeckung über die Bühne. Sie taten dies, damit man denken sollte, es wären immer andere Leute. Auch Heine Peterle und Friede setzten ihre Mützen einmal ab. Als sie

111

wieder an dem Tisch vorbei kamen, lagen aber obenauf allerlei andere Hüte. „Unsere Mützen!" rief Friede suchend. „Schnell, schnell, nehmt ein paar andere!" sagte ein Schauspieler hinter ihnen ungeduldig, und die Buben ergriffen rasch, was gerade dalag. Heine Peterle erwischte dabei einen großen Federhut, der ihm, als er ihn aufsetzte, fix auf die Nase rutschte.

„Seht doch den Heine Peterle an, was der für einen Hut hat!" ertönten unten gleich wieder etliche Kinderstimmen.

Daß man seinen Hut bewunderte, schmeichelte Heine Peterle zwar sehr, aber wenn er nur etwas hätte sehen können! Der Hut war ihm über die Augen gerutscht, er wollte ihn zurückschieben, und dabei stolperte er.

„Bengel, du fällst ja hinunter," flüsterte ihm ein Schauspieler erschrocken zu.

Es war schon zu spät: Heine Peterles linkes Bein schwebte bereits in der Luft; der Bube war an die Rampe gekommen, er schwankte, rutschte, und fallend griff er nach einem Halt. Dabei packte er einen Ritter am Bein, der verlor auch das Gleichgewicht; auch er griff unwillkürlich nach etwas und erwischte die Schleppe einer Hofdame. Der dicke Friede wollte seinen Kameraden halten, auch er wurde mitgezogen, und mit einem wahren Donnergepolter sausten alle vier über die Rampe und plumpsten in den Zuschauerraum hinab, Grafens gerade vor die Füße.

Ein wahrer Höllenlärm erhob sich. Oben auf der Bühne stockte der Festzug, unten schrieen, heulten und lachten alle durcheinander. Der Wirt und der Schulze kamen herbei, die Gestürzten aufzurichten. Heine Peterle heulte, seine Mutter und Muhme Rese, die nicht gleich zu ihm gelangen konnten, jammerten laut. Friede ächzte und hielt krampfhaft seine Höslein fest, die nun völlig geplatzt waren, und seine Mutter stieg über zwei Stuhlreihen hinweg, um ihren Buben zu trösten.

Aus der Kinderecke kam klägliches Schreien und angstvolles Fragen. Ein paar Mädel weinten, ein paar Buben lachten, und oben auf der Bühne sagte der Direktor grimmig: „Kruzitürken nochmal, sind das ein paar dämliche Bengel!"

Und dann saß Heine Peterle auf einmal auf dem Schoß der Frau Gräfin und Friede auf dem einer andern Dame, und die beiden Damen trösteten die Buben, steckten ihnen Schokolade in den Mund und sagten, eigentlich hätten sie ihre Sache doch sehr gut gemacht.

Da versiegten die Tränen der beiden, ganz stolz und wichtig schauten sie sich um. Man saß doch nicht alle Tage auf dem Schoß einer Frau Gräfin und aß wunderfeine Schokolade. Potztausend, war das fein! Weh getan hatten sie sich nicht weiter, ein paar blaue Flecke und Schrammen rechnet ein echter Oberheudorfer Bube nicht erst, auch die Schauspieler hatten sich nichts gebrochen, und so konnte das Spiel weitergehen. Die Buben waren dazu bereit, aber der Direktor sagte, jetzt brauchte er keine Pagen mehr, sie sollten lieber unten bleiben.

So kamen denn die beiden nach einem Weilchen in ihren eigenen Sonntagshöslein in den Zuschauerraum hinab und schauten sich den Schluß des Stückes an. Ohne Unfall ging es nun zu Ende, aber Heine Peterle und Friede und Muhme Rese und noch manch andere sagten: „Die Pagen hätten bis zuletzt oben bleiben müssen, dann wäre es viel lustiger gewesen."

Die Oberheudorfer meinen nämlich, in einem richtigen

Trauerspiel müsse man herzhaft lachen können.

Noch heute aber sagen die Oberheudorfer Kinder bei jedem Theaterspiel: „Damals war es fein, als Heine Peterle und Friede mit Theater spielten!"

Die schöne Flickerin.
(Ein Märchen.)

Wenn Muhme Lenelies den Kindern, die eigentlich alle miteinander ihre Freunde und Freundinnen waren, Märchen erzählte, dann fing sie meist an: „Es war einmal ein König, eine Königin, ein Prinz, eine Prinzessin oder doch wenigstens ein Graf." Anders tat es Muhme Lenelies nicht. Die Kinder waren darum ganz unzufrieden, als die Muhme ihnen, als sie an einem regennassen Herbstnachmittag zum Märchenhören kamen, erzählte: „Es war einmal eine Waschfrau!"

„Das ist nicht hübsch!" rief Annchen Amsee gleich entrüstet, und der blaue Friede sagte: „Mit 'nem König muß es anfangen!"

„Es fängt an, wie es anfängt, und wenn es eine Waschfrau ist, die zuerst kommt, dann ist es eben eine Waschfrau," erwiderte Muhme Lenelies freundlich. „Ihr braucht aber nicht zuzuhören. Wer gehen will, kann gehen, wer zuhören will, muß den Schnabel halten. Also wer will gehen?"

Niemand wollte das. Die Kinder fanden es wieder einmal ungeheuer gemütlich bei Muhme Lenelies. Draußen floß der Regen in wahren Gießbächen vom Himmel herunter, der Herbststurm zerrte noch die letzten rotgelben Blätter von den Bäumen und brauste dazu: „Gib her, gib her! Mußt alles geben, mußt alles geben!" An solchen Tagen besannen sich immer etliche Oberheudorfer Buben und Mädel darauf, daß es doch eigentlich wundervoll bei Muhme Lenelies sei, und daß sie mit der alten Frau doch sehr befreundet wären. Im Sommer, wenn die langen Tage schier zu kurz für alle lustigen Freispiele waren, kehrten bei Muhme Lenelies meist nur die Kinder ein, die sich zufällig mal irgend etwas zerrissen hatten; die gute Muhme heilte geschwind die Schäden und nahm es nicht weiter übel, wenn Buben oder Mädel das Wiederkommen nachher ein Weilchen vergaßen. Sie kannte ihre Freunde schon, sie wußte, daß Sturm und Regen und dunkle Wintertage sie ihr wieder zuführten. Muhme Lenelies konnte so viele Märchen erzählen, daß selbst der Herr Lehrer ihr manchmal zuhörte und dann sagte, Muhme Lenelies sei eigentlich eine Dichterin.

Von allen Kindern aber hörte der alten Frau niemand lieber zu als ihr Pflegesohn Traumfriede. Der lauschte auch an sonnenhellen Sommertagen gern allein, was seine gute Pflegemutter ihm erzählte. Er war es auch, der an diesem Nachmittag, an dem Muhme Lenelies die Geschichte von der Waschfrau begann, nochmals ärgerlich rief: „Ja, geht doch, wenn ihr nicht zuhören wollt!"

Es ging aber auch jetzt niemand, alle saßen mäuschenstill, und so begann Muhme Lenelies wieder: „Es war einmal eine Waschfrau. Sie war arm, wie es Waschfrauen oft sind, aber sie war zufrieden und froh, was selbst Königinnen nicht immer sind. Freilich mußte sie von früh bis abends arbeiten, denn sie hatte vier Kinder zu ernähren, ein Mädel und drei Buben. Liebelinde, die Tochter, schaffte fleißig in der Wirtschaft, versorgte die drei kleinen Brüder und half der Mutter, soviel sie konnte. Es war eine fleißige, fröhliche kleine Familie, die da am äußersten Stadtende wohnte. Die drei Buben waren, wie kleine Buben eben sind, oft recht wild und übermütig, und der Tag, an dem einer nicht mit einem Riß im Höslein oder in der Jacke heimkam, war noch nicht dagewesen."

„Seht ihr, wie ihr seid," sagte Schulzens Röse ein bißchen wichtig und guckte die Buben ordentlich strafend an.

Die taten, als hätten sie das gar nicht gehört. Nur Heine Peterle brummte: „Mädel müssen immer dreinreden!"

Muhme Lenelies achtete nicht auf die Zwischenreden, sondern fuhr fort: „Liebelinde stopfte immer alle Risse bereitwillig zu, und weil sie nicht wollte, daß ihre Brüder unordentlich aussehen sollten, gab sie sich immer besondere Mühe, und manchmal sagte die Mutter: ‚Ei, wenn nur alle Mädel so gut flicken könnten wie du!'

Über Land und Stadt herrschte ein mächtiger König. Der hatte drei Söhne, die alle drei gut und brav waren und ihren Eltern viel Freude bereiteten. Bei der Geburt der Söhne war, wie das früher manchmal vorkam, schnurstracks eine böse Fee gekommen und hatte die armen Prinzlein verwünscht. Aber so geschwind wie hinter einem rechten Gewitter manchmal der Sonnenschein kommt, war gleich eine gute Fee erschienen, die hatte der Königin für jeden Sohn zwölf wunderfeine Hemden aus goldgelber Seide geschenkt, die sollten die Prinzlein immer tragen: so lange würden sie gesund und glücklich sein, und alle Zaubersprüche der bösen Fee könnten ihnen nichts anhaben. Die Königin tat wie die Fee ihr geraten hatte, und seitdem trugen die Prinzlein immer die Hemden von goldgelber Seide."

„Das ist fein, das möchte ich auch," zwitscherte Annchen Amsee dazwischen.

„Wenn du mal eine Prinzessin bist, kannst du es ja tun," spottete Anton Friedlich.

117

„Seid doch still, sonst erzähle ich nicht weiter," rief Muhme Lenelies. Da waren alle gleich wieder ganz still, und Annchen Amsee hielt sich den Mund zu, damit nur ja kein vorwitziges Wörtlein entschlüpfte. Die Muhme aber erzählte: „Weil nun die Königin wußte, daß Glück und Gesundheit ihrer Kinder von den Hemden abhingen und Hemden, selbst wenn sie von Seide sind und von einer Fee stammen, doch manchmal reißen, gab sie selbst jedesmal der Wäscherin die Hemdlein und nahm sie ihr auch wieder ab und sah sie sorgfältig durch, ob auch kein Riß darin wäre. Du lieber Himmel, zwölf Hemden, wenn sie ein ganzes Leben halten sollen, sind wirklich nicht viel, zumal für einen Prinzen."

„Das ist wahr," sagte Waldbauers Mariandel bedächtig, „meine Mutter hat –." Heine Peterle legte ihr geschwind seine kleine, braune Hand vor den Mund, so kräftig, daß Mariandel beinahe mitsamt ihrem Schemelchen umgefallen wäre.

„Nein, zwölf Hemden sind wirklich nicht viel für das ganze Leben," fuhr Muhme Lenelies fort, „da hieß es eben achtsam sein, und als die drei Prinzen Karlemann, Hannemann und Friedemann noch drei kleine Männlein waren, da sagten sie mitunter ganz kläglich: ‚Ach, wir möchten lieber ohne Hemden gehen. Es ist so langweilig, daß wir uns immer in acht nehmen müssen.' Einmal zog auch Prinz Karlemann sein Hemdlein heimlich aus, flugs bekam er einen Schnupfen, und die Frau Königin sagte: ‚Siehst du, wie recht die gute Fee hatte? Nun bist du ohne dein goldgelbseidenes Hemd gleich krank geworden.'

Auch Prinz Hannemann zog einmal heimlich sein Hemdlein aus, und an diesem Tage schüttete er einer fremden Fürstin, die zu Besuch da war, Himbeersauce auf ihr himmelblaues Atlaskleid. Er bekam dafür zur Strafe einen Katzenkopf und keinen Nachtisch, und alles kam nur davon, daß er das goldgelbseidene Hemdlein nicht trug.

Als die Prinzen erwachsen und mutige, kühne Jünglinge geworden waren, zogen sie nacheinander in die Welt hinaus; sie sollten einmal sehen, wie es wo anders ist, und sollten sich dabei gleich eine schöne Prinzessin zur Gemahlin aussuchen. ‚Sie muß aber sehr gut stopfen können,‘ sagte allemal die Frau Königin, ‚denn wißt ihr, mit euren Hemden ist das so eine Sache, wer weiß, ob sie halten!‘

Prinz Karlemann kam heim und brachte eine wunderschöne Frau mit. Es war die reiche Prinzessin Gerlinde, die konnte singen, Klavier spielen, reiten und tanzen, aber stopfen, nein, stopfen konnte sie nicht. Als die alte Königin es einmal von ihr verlangte, da lachte sie und rief: ‚Aber Frau Mutter, eine Prinzessin braucht doch nicht zu stopfen.‘

Die Königin seufzte und dachte, vielleicht bringt mein Sohn Hannemann eine Frau heim, die stopfen kann. Prinz Hannemann brachte die wunderschöne Prinzessin Theolinde als Gemahlin mit. Die konnte malen, Schlittschuh laufen und noch besser tanzen als Gerlinde, aber stopfen, nein, stopfen konnte sie nicht. Sie wollte sich halbtot lachen, als es die Königin von ihr verlangte. Die seufzte sehr und dachte sorgenvoll: ‚Vielleicht bringt mein Sohn Friedemann die rechte Frau mit.‘

Aber Prinz Friedemann kam eines Tages lustig und guter Dinge heim. Er brachte einen Papagei, einen Affen, ein Nashorn, ein Kamel, ein Känguruh, prächtige Kleider für seine Mutter und noch viele andere schöne Dinge mit, eine Frau aber hatte er vergessen. Er war sehr betrübt, als ihn seine Eltern ausschalten, und sagte: ‚Oh, Frau Mutter, ich mußte nur immer und immer an Euch denken, und darüber hat mir keine andere Frau gefallen.' Die Königin strich ihrem Sohn über das dunkle Lockenhaar und sagte gütig: ‚Ja, mein Prinzlein, das ist nun nicht anders, eine Frau mußt du haben, und eine muß es sein, die stopfen kann, eher werde ich nicht ruhig sein. Vielleicht ist es ganz gut, daß du keine Prinzessin genommen hast, die sind heute gar zu verwöhnt; wir wollen es einmal mit einer Grafentochter versuchen.'

Dem Prinzen war das sehr recht. Er dachte, wie es meine Mutter macht, wird es schon richtig sein. Er sorgte sich nun nicht weiter um die Sache, die Königin aber gab mit ihren beiden Schwiegertöchtern zusammen einen großen Kaffee und lud sämtliche Grafentöchter des Landes dazu ein. Während sie nun alle saßen und Kaffee tranken und Kuchen aßen, mußten sie erzählen, was sie alles konnten. Oh, sie konnten sehr viel, ungeheuer viel sogar. Sie konnten malen, singen, Laute spielen, reiten, jagen, schwimmen, tanzen, turnen, sie konnten gelehrte und ungelehrte Bücher lesen und schreiben, konnten alle Sprachen der Welt, eine konnte sämtliche Länder, Städte, Flüsse und Gebirge der Erde wie das Abc hersagen, schnurr ging das wie ein Spinnrad; eine wußte, wieviel Edelsteine jeder König der Welt in seiner Krone hatte; eine andere sagte immer ein Gedicht nach dem andern auf und erzählte, sie könnte tausend Tage ununterbrochen Gedichte sagen und wüßte immer noch neue. Bei dieser sagte Prinz Friedemann gleich: ‚Die will ich nicht, nein, die will ich bestimmt nicht.' Eine andere wieder verstand alle Vogelstimmen nachzuahmen und sagte, jetzt wäre sie dabei, die Säugetiere zu studieren, wie ein Esel könnte sie schon schreien. Wirklich, die Grafentöchter waren sehr gebildet. Als die Königin aber fragte, ob sie auch stopfen könnten, da fingen sie alle an zu lachen, verneigten sich sehr ehrerbietig und sagten: ‚Euer Majestät machen sehr gute Witze! Stopfen, eine Grafentochter stopfen! Hihihi, hahaha, das ist zu drollig!'

Die Königin wurde sehr böse, schalt die Grafentöchter, und die gingen sehr gekränkt und betrübt heim. Den Prinzen hätte nun schon jede gern geheiratet, aber stopfen lernen, nein, stopfen lernen, das wollten sie doch nicht.

Unter den Hausmädchen im Königsschloß nun war eine, die war boshaft und zanksüchtig. Mit allen andern Mägden hatte sie Streit, und wenn sie jemand etwas zuleide tun konnte, so tat sie es mehr als gern. Just an dem Tage, an dem alle Grafentöchter zum Kaffee im Schloß waren, hatte sie von der Frau Oberküchenmeisterin Schelte bekommen, weil sie von der allerschönsten Torte die Früchte abgegessen hatte. Darüber war sie so wütend, daß sie geschwind ihre Sachen packte und davonlaufen wollte. Vorher freilich gedachte sie allen noch etwas recht Böses anzutun. Sie schlich sich in die Wäschekammer und fand dort den Schrank offen, in dem die goldgelbseidenen Hemden der Prinzen lagen. Da nahm die böse Magd geschwind eine Schere und schnitt eins, zwei, drei lauter Löcher in die Hemden, ritsch, ratsch ging das, und sie hätte die Hemden gewiß ganz und gar zerschnitten, wenn sie nicht die Stimme der Frau Oberwäschebesorgerin gehört hätte. Da riß die böse Magd eilig aus, nahm ihre Sachen, lief zum Schloß hinaus und wanderte in die weite Welt hinein.

Noch an diesem Abend aber wurden die zerschnittenen Hemden entdeckt, und ein großes Wehklagen erhob sich. Die Königin sandte verzweifelt nach der guten Fee, und die kam auch sehr geschwind herbei, aber ach, helfen konnte sie nicht. Und wenn gute Feen nicht helfen können, ist das sehr betrüblich, denn natürlich wollen sie doch allen Menschen etwas Liebes antun. ,O weh, o weh,' klagte die schöne, gute Fee, ,das ist wirklich ein rechtes Unglück. Die

Hemden kann ich nicht ersetzen, und wenn sie zerrissen sind, nützen sie auch nichts gegen all die bösen Verwünschungen. Sie müssen so geflickt sein, daß man den Schaden kaum sieht. Sucht eiligst die geschickteste Flickerin im Land und laßt sie die Hemden flicken. Freilich,' setzte die gute Fee traurig hinzu, ,ich weiß schon, eine rechte Flickerin wird jetzt schwer zu finden sein. Ach, es ist wirklich ein großes, großes Unglück!'

Der König und die Königin, Prinzen und Prinzessinnen, ja der ganze Hof waren unendlich betrübt. Noch hatte ja jeder Prinz ein unzerrissenes Hemd an, aber wehe, wenn das kaput ging. Gerlinde und Theolinde fingen gleich an, sich im Stopfen zu üben, aber das ging gar nicht, es wurde fürchterlich, man sah es schon von großer Weite, daß da ein Riß geflickt war, und die Fee sagte immer wieder, man dürfe es nicht sehen.

Die Fee verließ sehr traurig das Schloß und ging zurück in ihren Wunderwald. Ganz langsam ging sie durch die Straßen der Stadt, niemand achtete auf sie, niemand wußte, daß die Frau in dem grauen Mantel eine gute, mächtige Fee war. Ein Mägdlein ging vorüber und dachte: ,Wenn ich eine Fee wüßte, dann ging ich zu ihr und würde sie sehr bitten, mir ein wunderfeines Ballkleid zu schenken.' Dabei streckte das Fräulein die Nase in die Luft und rannte die gute Fee beinahe um. Ebenso erging es einem jungen Mann, der auch das Herz voller Wünsche hatte, ihm mußte die Fee sogar noch ausweichen. ,Die Menschen sind doch manchmal zu ungeschickt,' sagte sie ordentlich ärgerlich, und just in diesem Augenblicke purzelte vor ihr ein Bübchen mit seinem Schulranzen hin. Er hatte mit einem andern Buben Kriegsspiel gespielt, aber nun standen alle beide, Freund und Feind, etwas verdattert da, und der Hingefallene heulte laut: ,Meine Jacke, meine Jacke! Wenn ich nach Hause komme, kriege ich Haue. Huhuhuhu!'

‚Ach, heule doch nicht,' sagte der andere, ‚komm rasch mit, meine Schwester flickt dir geschwind deine Jacke. Sie kann es so gut, daß man nichts mehr von dem Loch sieht. Komm nur, sie tut es schon, sie ist sehr gut.'

Nun hätte die Fee dem Bübchen schon schnell eine neue Jacke schenken können, denn so etwas ist für eine Fee natürlich nicht schwer, sie tat es aber nicht, sondern folgte eiligst den Buben, die beide bis an das Stadttor gingen dorthin, wo die Waschfrau mit ihren vier Kindern wohnte. Liebelinde saß vor dem Haus unterm Fliederbaum; sie nannten es das Gärtchen, obgleich es nur den einzigen Busch gab. Sie nähte und sang dabei vergnügt ein Liedchen.

„Eile, Nadel, hin und her
Ganz geschwind, doch nicht zu sehr,
Fädchen darf nicht reißen.

Hei, das geht ja wie im Nu,
Löchlein schau, du bist schon zu,
Höslein ist nun heil!"

Als die Buben ankamen und ihr ihre Not klagten, lachte sie und rief: ‚Komm her, du Schelm! Ach du lieber Himmel, ich wollte, ich hätte für jeden Riß, den ich in Bubenhosen und -Jacken schon gestopft habe, ein Goldstück, ei, da sollte es unserer Mutter gut gehen.' Dabei nahm sie rasch Nadel und Faden und begann das Jäcklein zu stopfen; es ging wie ein Mühlrädchen. Die Fee war näher getreten, tat, als sei sie eine müde Wanderin, fragte dies, fragte das, und Liebelinde gab ihr bereitwillig Auskunft. Sie erzählte heiter und zufrieden von ihrem stillen, ärmlichen Leben, und dabei hatte sie im Umsehen den Riß zugestopft, kein Linschen war mehr zu sehen. Der Bube zog vergnügt sein Jäcklein an, vergaß auch seinen Dank nicht und lief dann so schnell nach Hause, als sei er Sturmwinds Lehrjunge.

Die Fee nahm ein goldenes Ringlein und sagte zu Liebelinde: ‚Mädchen, oben auf dem Schlosse braucht die Frau Königin eine gute Flickerin; ich sollte meinen, du wärst die Rechte. Geh nur hinauf, gib das Ringlein ab und sag', Gutenberga schicke dich, dann wird dich die Frau Königin schon vorlassen.'

‚Liebe Frau, aber liebe Frau,' rief Liebelinde erschrocken, ‚was denkt Ihr Euch? Ich, einer Waschfrau Tochter, sollte so ohne weiteres auf das Schloß gehen? Nicht den Mund könnte ich aufmachen vor lauter Verlegenheit, und meine liebe Mutter würde sicher denken, ich sei närrisch geworden.'

Die Fee aber redete zu, eine Nachbarin kam herbei, und als sie alles hörte, redete sie mit zu, sie versprach auch, auf Haus und Buben zu achten. So schlüpfte denn Liebelinde in ihr Sonntagsröcklein, nahm Abschied von den Brüdern, der Nachbarin, dem Häuschen und der Katze, als ginge sie auf Nimmerwiedersehen davon, und lief ins Schloß hinauf. Oben wollte man sie erst gar nicht vorlassen. Erst rümpfte der Torwart die Nase, dann der Diener, die Mägde, die Hofdamen, und wer sonst noch herumlief. Liebelinde dachte gerade, dies sei wohl Hofsitte, und begann auch ihr feines Näslein zu rümpfen, als die beiden Prinzessinnen Gerlinde und Theolinde vorbeikamen. Sie sahen schrecklich traurig aus, denn sie hatten es wieder vergeblich versucht zu stopfen und hatten doch kein Loch zubekommen.

‚Ei, die sehen gut aus,' dachte Liebelinde, machte einen Knicks und richtete ihren Auftrag aus.

‚Sie kann stopfen,' schrie Gerlinde, und Theolinde fiel

Liebelinde gleich um den Hals und jubelte: ‚Sie kann stopfen, sie kann stopfen!'

‚Na nu,' dachte die kleine Waschfrauentochter, ‚das ist doch nicht so etwas Absonderliches.' Sie ließ sich zur Königin führen, gab ihren Ring ab, und die Königin beschloß gleich, die Probe zu machen. Sie ließ eins der zerschnittenen goldgelbseidenen Hemden holen, dazu Seide und die allerfeinsten goldenen Nähnadeln und fragte Liebelinde, ob sie das wohl stopfen könne. ‚Ei freilich,' rief diese, nahm eine Nadel und zog sich kurz entschlossen eins ihr goldblonden Haare aus, denn die waren feiner als die allerfeinste Seide und schimmerten gerade so wie die Wunderhemdlein. Mit ihrem Haar stopfte Liebelinde, und es ging so schnell, daß die Nadel rascher hin und her flog als ein Bienchen am Sommertag. Nach einem Weilchen rief Liebelinde: ‚So, ein Loch ist gestopft. Freilich, zu dem ganzen Hemd werde ich schon etliche Tage brauchen!'

Die Königin sah auf den Riß und fragte: ‚Wo ist er denn?' Das fragten auch die Prinzessinnen und alle Hofdamen, die zugesehen hatten, und alle staunten und verwunderten sich und sagten, so etwas hätten sie noch nie gesehen.

Liebelinde wurde nun sehr feierlich zur Geheimen Oberhofstopfmeisterin ernannt. Sie sollte auf dem Schloß wohnen bleiben, und ihre Mutter und Brüder durften auch hinaufziehen; mitten im Schloßgarten bekamen sie alle ein wunderfeines kleines Haus zum Wohnen. Freilich war es Tag und Nacht von Wachen umstanden, damit nicht etwa eines der kostbaren Hemden geraubt würde. Als Liebelinde alle Hemden sah, die sie stopfen sollte, seufzte sie ein wenig, dann nahm sie eine Schere und schnitt sich ritsch, ratsch ihre beiden blonden Zöpfe ab. ‚Ich muß doch ordentliches Stopfgarn haben,' sagte sie.

Sechs Monate lang stopfte Liebelinde, dann waren alle Hemden heil, niemand sah auch nur einen kleinen Fehler daran. Inzwischen waren Liebelinde lauter goldblonde Ringellocken gewachsen, und sie sah so wunderlieblich aus, daß alle vornehmen Hofherren, die noch keine Frau hatten, sie heiraten wollten.

Prinz Friedemann aber lachte alle aus, denn er bekam die Braut. Die alte Königin wollte eben durchaus eine Schwiegertochter haben, die stopfen konnte. Und sie lebten alle glücklich und zufrieden miteinander. Die goldgelbseidenen Hemden hielten bis an der Prinzen Lebensende. Die böse Fee, die die Prinzen verwünscht hatte, ärgerte sich darüber so, daß sie vor lauter Wut das Verwünschen aufgab."

„Na, und die böse Magd?" fragte Schulzens Jakob, als Muhme Lenelies schwieg, neugierig.

„Ach so," sagte die Muhme, „die hätte ich beinahe vergessen, und der ging es doch sehr, sehr schlecht. Sie wurde gefangen genommen, in einen Turm gesteckt, und dort mußte sie sitzen und ungeschickten Mägdlein das Stopfen beibringen. Erst wenn eine es einmal so gut könnte wie Prinzessin Liebelinde, dann sollte die Magd frei werden. Sie hat aber beinahe hundert Jahre in ihrem Turm gesessen und ist dann gestorben, und kein Mägdlein hat das Stopfen so gut gelernt wie Liebelinde. So, nun ist die Geschichte zu Ende, und nun geht geschwind nach Hause, ich glaube, es ist gleich Abendbrotzeit."

Das zornmütige Annchen.

„Was ist immer munter, geht bei Tag und Nacht und wird von allen gern gelitten?" Dieses Rätsel gab einmal Schuster Pechdraht etlichen Buben und Mädeln auf, und selbst die, die eigentlich keine guten Rater waren, riefen gleich: „Unser Dorfbrunnen." Schulzens Jakob fügte ganz hochmütig hinzu: „Solche leichte Rätsel sollte man gar nicht aufgeben."

Schuster Pechdraht konnte, so oft er wollte, sagen, er hätte die Turmuhr gemeint, die Kinder glaubten es ihm doch nicht. Das Brünnlein auf dem Dorfplatz, das Tag und Nacht leise plätscherte, war ihnen allen viel, viel lieber als die Turmuhr, die dummerweise immer anzeigte, wann Schulzeit war. Was hatten die Buben und Mädel schon für lustige Sachen am Brunnen erlebt! Welch ein prächtiger Rettungshafen war der bei Ritter- und Räuberspielen! Am Brunnen konnte man spritzen, da wagte sich die feindliche Partei nicht so leicht heran. Wollten sich ein paar Mädel oder Buben treffen, immer hieß es: „Am Brunnen." Da war schon mancher dumme Streich erdacht worden, und wie oft war schon ein Bube oder Mädel, ein Schulbuch, eine Wasserkanne, ein Puppenkind oder eine Schürze, eine Bubenmütze oder gar ein Vesperbrot in den großen Steintrog des Brunnens gefallen. Ja, der Brunnen konnte etwas erzählen. Lustige und ernsthafte, kurze und lange Geschichten wußte er, viel dumme, aber herzlich wenig kluge. Hans Rumps hatte ordentlich Mitleid mit dem vielgeplagten Brunnen; er hatte oft gesagt, es sei unausstehlich, daß die Kinder fortwährend am Brunnen herumspielten. An einem Linksaufstehtag hatte er einmal den Schulzen so lange gebeten, bis der wirklich das Spielen am Brunnen verbot. Hans Rumps selbst hatte stöhnend und seufzend ein Plakat geschrieben, auf dem stand: „E s i s f e r b o h d e n h i h e r z u s c h p i e l n u n U h n s i n n u n L e r m m a g e n. W ä r d a s n i c h d u h t w i r tt b e s c h t r a ff t. D i O h r d s b o l l e z e i h."

Mit der Rechtschreibung standen die Oberheudorfer Kinder nun zwar selbst manchmal auf dem Kriegsfuß, Hans Rumps' Plakat erregte aber doch ihr allergrößtes Vergnügen.

Sogar Heine Peterle, der es meist unter zehn Fehlern im Diktat nicht tat, sagte: „Na, wenn das der Herr Lehrer sieht!"

Der bekam es aber nie zu sehen, denn als Hans Rumps diese schöne Verordnung eben am Brunnen befestigen wollte und dazu auf den Rand des Troges trat, verlor er plötzlich das Gleichgewicht und plumpste mit seinem Plakat ins Wasser. Er kam wieder heraus und wurde auch wieder trocken, seine schöne Verordnung aber war aufgeweicht, die Schrift ineinander gelaufen und alles unbrauchbar geworden. Hans Rumps schrieb kein zweites Plakat, der Schulze dachte: „Ach, mögen sie doch spielen!" und so blieb der Brunnen den Kindern unverboten.

Etliche Tage, nachdem Muhme Lenelies die Geschichte von der schönen Liebelinde erzählt hatte, saß Annchen Amsee am Brunnen und nähte. Es war wieder schönes Wetter geworden. Ein bißchen kalt war es zwar, aber das kümmerte Annchen nicht weiter, sie nähte mit vielem Eifer an ihrem Röckchen und war rot und heiß dabei geworden. Annchen Amsee war ganz fleißig in der Schule, war flink mit den Beinchen und noch flinker mit dem Zünglein, aber Nähen, Stricken, Sticken und Stopfen wollte und wollte ihr nicht gelingen. In der Handarbeitsstunde war sie die schlechteste Schülerin, und es gab Ermahnungen und Strafen ohne Ende. Seit Muhme Lenelies aber von der geschickten Flickerin erzählte hatte, war in Annchen der Wunsch erwacht, auch so fleißig und geschickt zu werden, um dann vielleicht einen Prinzen zum Mann zu bekommen. So saß sie denn am Freitag nachmittag und stopfte. Natürlich hatte sie gerade ein Loch im Kleid, sie hatte sich auch geschwind etliche Haare ausgerissen und versuchte damit ihr Heil. Es ging aber nicht so einfach, immer wieder rissen die Haare, und das Loch war wie ein großes hungriges Maul, das sich nicht schließen will, selbst beim größten Butterbrot nicht. Neben der Kleinen standen zwei Mägde, Mine aus der „Himmelblauen Ente", die gekommen war, Wasser zu holen, und Amsees Laura, die wusch Eier am Brunnen ab. Morgen sollte zum Markt gefahren werden, und Laura meinte, den Städtern müsse man die Eier schön sauber bringen. Ihre Bäuerin fand zwar immer, dies sei eine überflüssige Arbeit, Laura aber ließ nicht gerne davon ab, Oberheudorfs Sauberkeit sollte in der Stadt gerühmt werden. Krämers Trude hatte sich auch eingefunden, und die großen und kleinen Mädel schwatzten gerade eifrig miteinander, als fünf Buben die Dorfstraße entlang kamen. Natürlich blieben sie stehen, und natürlich sahen sie zu, was die Mädel taten. Schnipfelbauers Fritz war es, der zuerst rief: „Annchen stopft, seht doch nur! Nä, sie will wohl 'nen Prinzen heiraten?"

Annchen Amsee wurde rot. Sie neckte sonst gern und ließ sich necken, aber nur nicht mit ihren Nähkünsten. Sie sagte darum sehr schnippisch: „Was geht's euch an? So dumme Buben, wie ihr seid, will ich freilich nicht heiraten."

„Sie stopft, sie will 'nen Prinzen," riefen nun auch die andern Buben höhnend.

„Sie kriegt gar keinen, sie muß auch hundert Jahre lernen!" schrie Heine Peterle.

„Seid doch still, ihr," schalt Mine, die gerade fortgehen wollte, und spritzte die Buben. „Haltet den Mund!" gebot Laura, und auch Trude schalt und fing an zu spritzen; nur Annchen tat, als bemerkte sie die Buben nicht mehr, eifrig stopfte sie weiter.

„Sie nimmt ihre Haare, nä, seht doch!" rief Schulzens Jakob, der sich gar nicht um das Spritzen kümmerte. Die fünf Buben brachen in ein lautes, höhnisches Gelächter aus, und soviel auch Laura und Trude schalten, sie neckten das arme Ännchen immer weiter. Die dachte tapfer: „Sie werden es schon satt kriegen," dabei kamen ihr aber doch die Tränen in die Augen, und immer riß der Faden. Darüber wollten sich nun die Buben ausschütten vor Lachen. Bei jedem Stich, den Ännchen tat, schrieen sie: „Es reißt, es reißt! Aufgepaßt, der Prinz rennt fort!"

„Nun hört aber endlich auf," sagte Laura und schwang drohend einen nassen Lappen, „sonst bekommt ihr den an den Kopf!"

„Erst treffen!" rief Heine Peterle schnippisch und stellte sich breit und keck vor den Brunnen hin.

Das zornmütige Annchen.

Ritsch! riß Annchens Haar entzwei und damit auch ihre
Geduld. Sie besann sich einen Augenblick, sollte sie spritzen

oder ihr Röckchen den Buben an die Köpfe werfen. Da fiel ihr Blick auf Lauras Eierkorb. Hastig griff sie hinein und – platsch! flog ein Ei Heine Peterle gerade mitten auf seine kleine, dicke Stupsnase. Das halbe Gesicht wurde gelb, es sah aus, als hinge dem Buben ein Eierkuchen an der Nase. Ehe sich die andern noch besannen, ergriff das zornmütige Annchen zwei andere Eier. Platsch! flog das eine dem dicken Friede in den offenen Mund, der Bube schluckte und pustete, und da hatte Schulzens Jakob schon ein Ei gerade vorn auf seinem Bäuchlein, als hätte er eine große Sonnenblume vorgesteckt.

„Bist du denn närrisch, Mädel?" schrie Laura erbost und rettete jammernd ihren Eierkorb. „Nä, zum Kuckuck, was fällt denn dir ein? Das ist ja wohl eine neue Mode, mit Eiern Fangball zu spielen? Warte, ich werde dir zeigen, was es heißt, Eier aus Vergnügen andern an die Köpfe zu werfen!" Ehe Laura aber noch ausgeredet und die Buben sich von ihrem Schreck erholt hatten, war Annchen Amsee schon auf und davon. Wie gejagt eilte sie nach Hause, Trude rannte schluchzend hinterdrein. Annchen raste, Trude raste, und so kamen sie unbemerkt in Amsees Holzstall hinein. Dort kauerten sich beide Mädel in den dunkelsten Winkel und heulten erst ein Weilchen um die Wette. Hörte Annchen einmal auf, so schluchzte Trude „Huhuhu!" und hörte Trude auf, dann jammerte Annchen „Achachachach!" Eigentlich hatte es Krämers Trude doch gar nicht nötig zu weinen, sie war jedoch eine viel zu gute Freundin, um Annchen in ihrem Kummer allein zu lassen.

Auf einmal flüsterte aber Trude ängstlich: „Es kommt jemand!" Ganz geschwind krochen beide hinter einen Reisigberg. Trude schob noch rasch ein paar Bündel vor, und so saßen sie wie in einer kleinen Kammer. Aber da lugten auch schon etliche bitterböse Bubengesichter in den

Holzstall hinein, und tuschelnde Stimmen wurden laut: „Ob sie hier sind?" – „Nä, die sind sicher ins Haus gelaufen, die Bangbüxen," sagte Heine Peterle verächtlich. Eine Weile standen die Buben beratend an der Türe. Einer sagte: „Wir müßten sie doch sehen!" Der dicke Friede meinte: „Vielleicht sind sie hinters Holz gekrochen, ich gehe rein und suche!" Die Mädel zitterten wie Espenlaub in ihrem Versteck, und beinahe hätten sie beide losgeschrieen, als plötzlich eine barsche Stimme rief: „Was macht ihr denn da?" Ein Knecht kam über den Hof, und ein wenig verlegen brummelten die Buben, daß sie Annchen und Trude suchten. „Die sind nicht hier," rief der Knecht, kam in den Holzstall hinein und rief: „Mädel, seid ihr da?"

Alles blieb still, die beiden wagten in ihrem Reisigkämmerlein kaum zu atmen, sie fürchteten sich schrecklich, und Annchen hatte das Gefühl, eine furchtbare Tat begangen zu haben. „Na seht ihr, sie sind nicht drin," sagte der Knecht, „also marsch hinaus!" Er trieb die Buben aus dem Holzstall, schloß die Türe und schob den Riegel vor.

Die beiden Mädel hörten, wie die Buben fortgingen, und nach einem Weilchen flüsterte Annchen: „Wir wollen jetzt ins Haus gehen, da sind wir sicherer." Sie versuchten die Türe zu öffnen, aber o weh, sie war verschlossen. Betroffen schauten die beiden einander an. „Wir sind – eingesperrt!" Einen Augenblick standen sie beide ratlos an der Tür; sie wußten erst nicht recht, sollten sie lachen oder weinen. Weil nun das Tränenbrünnlein aber schon einmal aufgezogen war, fingen sie ein jämmerliches Weinen an. Sie hockten beide im dämmerigen Holzstall und schluchzten wieder abwechselnd „Huhuhuhu!" und „Achachachach!", schluchzten, bis Krämers Trude auf einmal an ihr Vesperbrot dachte, das sie in der Tasche hatte. „A – a – annchen," heulte

135

sie, „i – i – ich haabe was zu essen!"

Dies Wort wirkte sehr beruhigend auf Annchen, denn ihr fiel ein, daß sie eigentlich Hunger und kein Vesperbrot hatte. Sie trocknete daher ihre Tränen, und beide Mädel begannen Trudes Schnitten zu verzehren. Sie wurden leidlich satt zusammen und waren nun imstande, etwas ruhiger über ihre Lage nachzudenken. Zu schreien wagten sie nicht, sicher trieben sich die Buben in der Nähe herum. „Nachher holt unsere Laura noch Holz, sie tut das immer gegen Abend," sagte Annchen, „dann können wir raus. Sie ist schon nicht mehr böse, die brummt nie lange!"

„Wenn – wenn nur keine Ratten hier sind," flüsterte Trude bänglich.

„Hu hu," quiekte Annchen und hopste so hoch, als säße ihr schon eine auf dem Schoß, „Ratten, pfui!"

„Ich glaube, da krabbelt was," tuschelte Trude und kletterte geschwind auf einen Stoß Reisigbündel hinauf. „Komm hierher, hier kommen sie vielleicht nicht hinauf." Annchen folgte dem Rat. Oben saß es sich ganz behaglich, nur etwas stachlig, aber wie sie beide gerade recht überlegten, wie sie sich setzen wollten, geriet der Reisighaufen ins Rutschen, und die beiden Mädel kamen sehr fix wieder unten an. „Ich habe mir mein Kleid zerrissen," stöhnte Trude, und Annchen barmte: „Ich habe mich gekratzt."

Selbst in einem Holzstall läßt sich allerlei erleben, dies merkten Annchen und Trude an diesem Nachmittag. Die Rattenfurcht veranlaßte sie immer wieder zu neuen Kletterein; waren sie oben, so purzelten sie wieder herab. So ging es hin und her, und sie vergaßen beinahe, daß sie eingesperrt waren. Es wurde dunkler und dunkler, und als die Mädel nun genugsam heruntergefallen waren, gaben sie es auf, vor den Ratten zu flüchten; sie kauerten sich in eine Ecke und begannen, sich leise allerlei Geschichten zu erzählen.

Die fünf Buben waren unterdessen im ganzen Dorfe herumgezogen und hatten die Mädel gesucht. Dreimal hatten sie beim Krämer und bei Amsees gefragt, ob Trude oder Annchen da wären, aber niemand wußte etwas von ihnen. Inzwischen war Annchens Tat auch im Dorfe bekannt geworden. Ihre Mutter hatte sie ebenfalls erfahren, und alle dachten: „Die Mädel haben sich versteckt."

Es wurde dunkel, die Hausfrauen rüsteten das Abendbrot, und Hans Rumps stand seufzend aus seinem Bette auf und überlegte, wo er in dieser Nacht wohl am besten schlafen könnte. Jetzt begannen Annchens Mutter und die Krämerin doch ängstlich nach ihren Mädeln auszuschauen. Es wurde im Dorfe herumgeschickt, aber niemand wußte etwas von den beiden. Die Turmuhr schlug sieben. Das war die Zeit, in der in jedem Oberheudorfer Haus das Abendessen auf dem Tische stand, aber kein Annchen, keine Trude ließen sich sehen. Amsees Laura kam zum Schulzen, fragte nach Annchen und sagte zürnend zu Jakob: „Daran seid nur ihr Buben schuld. Wer weiß, was den Mädeln passiert ist!" Und die Krämerin jammerte in Heine Peterles Elternhaus: „Wo nur mein Mädel ist!"

Da ließen alle Buben, auch die, die gar nicht dabei gewesen waren, ihr Abendbrot im Stich und rannten hinaus, die vermißten Mädel zu suchen. Sie vergaßen allen Zorn und suchten sehr eifrig und aufgeregt, denn sie hatten wirklich Angst, den Mädeln könnte etwas passiert sein. Nach und nach geriet das ganze Dorf in Aufregung, die Erwachsenen schalten und klagten, die Kinder schrieen, und Hans Rumps tutete etliche Male in sein Horn. Bei Amsees hatten sie das Haus schon dreimal abgesucht, nun kamen wieder etliche Buben und sagten: „Vielleicht sind sie hier doch wo!"

„Wir wollen noch einmal in den Holzstall gehen," meinte Laura. „Friedrich behauptet zwar, sie wären nicht dort, aber je ja, der bringt es fertig, zu Himmelfahrt nach dem Ostersonntag zu suchen!"

„So ein dummes Gewäsch," schrie Friedrich erbost, ging mit schweren Schritten voran nach dem Holzstall, riß die Türe auf und rief: „Na seht her, nischt ist da!"

„Du meine Güte, nä, da liegen ja alle beide und schlafen wie'n paar Ratten!" rief Laura, und die Buben brüllten los: „Sie sind da, sie sind da!"

Mit diesem Jubelruf rannten die Buben hinaus und erfüllten die Dorfstraße mit ihrem Geschrei. Laura aber sagte kurz entschlossen zu Friedrich, der ganz verdutzt dastand und sich immerfort wunderte, daß die Mädel im Holzstall waren: „Nimm du Krämers Trude und trag sie rasch heim, ich nehme unser Annchen, sonst kommen die Buben zurück, und es gibt ein großes Getratsch!"

Friedrich tat ganz stillschweigend, wie es Laura anordnete, und als wirklich nach einigen Minuten eine ganze Schar Buben ankam, die nun alle die beiden Mädel sehen wollten, da lagen diese bereits in ihren Betten, und die Buben mußten abziehen. Sie waren sehr entrüstet darüber, sie hätten zu gern gewußt, wie die Mädel eigentlich in den Holzstall hineingekommen waren, denn Heine Peterle und Schulzens Jakob behaupteten noch immer, sie wären bestimmt nicht darin gewesen.

Am nächsten Morgen gingen Annchen und Trude mit

etwas schwerem Herzen zur Schule. Trude hatte ja eigentlich keinen Grund dazu, aber aus lauter Freundschaft war sie mit verlegen und schaute mit ängstlich nach den Buben aus. Vor dem Brunnen trafen sie wieder alle fünf Kameraden, die gestern dabeigewesen waren. Einige Augenblicke standen Mädel und Buben stumm einander gegenüber, die Mädel verlegen, die Buben nicht wissend, ob sie gut oder böse sein sollten. Auf einmal platzte Schulzens Jakob heraus: „Wie seid ihr denn reingekommen?"

Annchen und Trude waren heilfroh, daß sie sprechen konnten und ihre wunderbaren Abenteuer im Holzstall erzählen durften. Sie taten es sehr eifrig, erzählten von ihrem Versteck, von den Ratten, die vielleicht dagewesen wären, und von der Purzelei, und die Buben lauschten, lachten, fanden die Holzstallgeschichte sehr vergnüglich und bedauerten eigentlich, daß sie nicht mit dringewesen waren. Plötzlich rief Krämers Trude kichernd: „Ach, Heine Peterle, dir saß das Ei gerade auf der Nase!"

Wie ein Zauberwort wirkte dies. Sie brachen alle in ein lautes Lachen aus, Schulzens Jakob und der dicke Friede schrieen ordentlich stolz: „Mir saß es hier!" – „Mir saß es hier!" Trude hopste vor Vergnügen hin und her, Annchen kicherte in ihre Schürze hinein, und Schnipfelbauers Fritz und Heine Peterle führten einen reinen Indianertanz auf. Die Schulranzen gerieten in Gefahr, in den Brunnen zu fliegen, und die Bücher und Federkasten polterten wie wild in den Ranzen herum. Die Kinder hatten allen Zorn, alles Beleidigtsein vergessen und hätten wohl bis Mittag am Brunnen gestanden und gelacht, wenn nicht plötzlich mahnend die Schulglocke getönt hätte. Da liefen sie eilig alle Hand in Hand der Schule zu; sie waren wieder gute Freunde, wie sie es bisher gewesen waren, und waren vergnügt, daß sie den Berenbachern eine so furchtbar komische Geschichte erzählen konnten.

Das Brünnlein aber rann und gluckste, tropf, tropf, tropf, tropf! Es freute sich auch, daß es wieder etwas gesehen und gehört hatte.

Wir wollen die Bahn!

Wer in Oberheudorf eine Reise tun wollte, der mußte erst zwei oder drei Stunden laufen, je nachdem er lange oder kurze, flinke oder müde Beine hatte, um die Bahnstation zu erreichen. Die Erwachsenen fanden das beschwerlich, aber die Kinder entrüsteten sich darüber, als wäre ihnen das Eisenbahnfahren so notwendig wie das liebe Brot. Da hieß es nun auf einmal: Die Eisenbahn kommt! Ganz dicht an Oberheudorf sollte sie vorbeifahren, ja Oberheudorf sollte sogar Bahnstation werden. So sagten sie in Oberheudorf, in Niederheudorf sagten sie wieder, sie bekämen die Station. Um diese Zeit war es, daß einmal etliche Oberheudorfer Buben und Mädel mit ein paar Niederheudorfer Kindern beim Erdbeerpflücken im Kuhberger Walde zusammentrafen. „Wir kriegen die Bahn!" schrie ein langer Niederheudorfer Bube, als er kaum die Oberheudorfer erblickt hatte, und seine Genossen stimmten ihm zu: „Ja, wir kriegen die Bahn!"

„Nä, wir kriegen sie," schrie Schulzens Jakob patzig; er als Schulzensohn mußte es doch wissen.

„Ja, drei Meilen am Mund vorbei," höhnten die Niederheudorfer, und die Oberheudorfer gaben keck zurück: „Wir sind Ober, ihr seid Nieder, und Ober kommt allemal zuerst."

„Pah, ihr! So 'n kleines Dorf! Nicht mal 'n richtiges

Vogelschießen habt ihr," trumpften die Niederheudorfer auf, und die von Oberheudorf spotteten: „Wir haben Grafens und ihr nicht, und wir haben 'n Theater gehabt und ihr nicht, etsch!"

Der Streit wäre wohl noch eine Weile hin und her gegangen, und wer weiß, ob es nicht zu einer Prügelei gekommen wäre, aber Leberecht Sperling, der Waldhüter, erschien in der Ferne, da liefen die Oberheudorfer geschwind links, die Niederheudorfer rechts, und nur von weitem noch brüllten sie sich gegenseitig zu: „Wir kriegen sie!" – „Nä, wir!"

Daheim erzählten dann die Oberheudorfer Buben und Mädel, wie frech die Niederheudorfer gewesen wären, und diese erzählten das gleiche von den Oberheudorfern. Die Erwachsenen nahmen Partei: jedes Dorf wollte gern die Bahn, jedes Dorf hielt sich für berechtigt, jedes meinte, besonders gut zur Bahnstation zu passen, und es dauerte nicht lange, da standen sich die beiden Dörfer wie Hund und Katze gegenüber. „Kriegen wir die Bahn?" das war die Frage, die in dieser Zeit die Alten und die Jungen, die Großen und die Kleinen beschäftigte. Standen zwei auf der Dorfstraße zusammen, dann redeten sie über die Bahn, die Kinder sprachen sogar davon in der Schule, und der Herr Lehrer sagte mitunter seufzend zu seiner Frau: „Ich wollte, die Bahn führe schon am Dorf vorbei und nicht immer meinen Schulkindern im Kopf herum."

Sämtliche Buben und Mädel hatten schon die wunderbarsten Reisegedanken, und die Sparbüchsen hatten es in dieser Zeit gut, sie durften so tüchtig Pfennige schlucken, daß sie ganz fett wurden. Es war Mode unter den Buben und Mädeln, Reisegeld zu sammeln, und wer einen Pfennig oder gar einen Fünfer in seine Sparbüchse tun konnte, der krähte wie ein Hähnlein bei Sonnenaufgang.

Auch bei den Erwachsenen fing beinahe jedes Gespräch mit den Worten an: „Wenn wir erst die Bahn haben!"

„Nun wird's Ernst," sagte in dieser Zeit einmal der Oberheudorfer Schulze, „die Bahnlinie soll jetzt vermessen werden."

Die gleichen Worte sagte an diesem Tage der Niederheudorfer Schulze, und mehr noch als sonst wurde nun in den Dörfern vom Bahnbau gesprochen. Als ein reisender Handwerksbursche durch Oberheudorf kam, dachten sogar etliche Buben und Mädel, der Mann könnte vielleicht etwas mit dem Bahnbau zu tun haben, und dem armen Handwerksburschen wurde himmelangst, weil ihm auf Schritt und Tritt eine Anzahl Buben und Mädel nachliefen. In Niederheudorf ging es zur gleichen Zeit einem Handelsmann nicht besser, aber der war ein Schelm und erzählte den Kindern: „Ja freilich, ihr kriegt schon die Bahn, paßt nur ordentlich auf! Wenn einer von der Bahn kommt, dann müßt ihr ihm nur gut zureden." Eine Stunde später sagte der Handelsmann dies auch zu den Oberheudorfern, und seitdem warteten sämtliche Buben und Mädel in Ober- und Niederheudorf auf den Mann, dem sie gut zureden konnten.

In diesen Sommertagen wurde es einem Studentlein in einer großen Stadt zu schwül. Er packte seinen Rucksack und zog hinaus ins weite Land, ging über die Berge und durch Wälder, um sich einen recht stillen Erdenwinkel auszusuchen, wo er in aller Ruhe arbeiten konnte. Das arme Studentlein mußte im Herbst sein Examen machen, und nun zuguterletzt fiel ihm ein, daß er recht, recht oft das Studieren vergessen hatte. Es galt nun, das Versäumte nachzuholen, und weil ihn in der Stadt allerlei von der Arbeit abgezogen hatte, wanderte er mit sehr ernsthaften Fleißgedanken auf das Land hinaus. Er wanderte etliche

143

Tage hin und her und gelangte an einem besonders warmen Nachmittag an eine Wassermühle, die ein wenig abseits von einem freundlichen, schmucken Dorf im Tale lag. Wie ein silbernes Band, das irgend eine Riesenjungfrau verloren hatte, floß das Bächlein durch den grünen Wiesengrund, die Mühle klapperte, das Wasser rauschte, und im blühenden Gärtchen neben der Mühle saß eine freundliche Frau und nähte. Sie grüßte den Studenten mit einem so guten Lächeln, daß er stehen blieb und rasch fragte, wie der Ort heiße. „Oberheudorf," sagte die Frau. Ob er hier wohl etliche Wochen wohnen könnte, forschte der Fremde weiter. „Wir sind kein Gasthaus," sagte die Frau freundlich, „was will denn der Herr?"

„Arbeiten," sagte das Studentlein, „studieren. Das ist eine sehr wichtige Sache, und Ruhe muß ich dazu haben."

„Freilich schon, das stimmt, Ruhe muß eins zur Arbeit haben," gab die Frau zu.

„Und ruhig ist's hier, noch nicht einmal die Bahn fährt," sagte das Studentlein und lachte.

„Der ist von der Bahn," dachte die Müllerin, „dem muß ich schon ein Quartier geben, sonst läuft er noch nach Niederheudorf." Sie erklärte sich also bereit, den Studenten aufzunehmen, räumte ihm eine geräumige Stube im Oberstock ein und sorgte für den Gast, als sei das ein lieber heimgekehrter Sohn. Dem Studenten gefiel es sehr in der Mühle. Er packte seinen Rucksack aus, schrieb in die Stadt, man sollte ihm Bücher nachschicken, und dachte: „Na, das habe ich mal gut getroffen!"

Am Abend wußten es schon alle Leute in Ober- und Niederheudorf, daß der Herr von der Bahn in der Wassermühle wohnte. „Allweil 'n bißchen jung sieht er aus," sagte der Schulze, dem einfiel, wie man einmal einen Maler für den Schulrat in Oberheudorf gehalten hatte. „Man muß sehen, ob's stimmt," meinten auch die andern Bauern.

Am Abend sagte der Müller zu seinem Mieter: „Hm, 's wär schon recht, wenn wir die Bahn kriegten, nicht die Niederheudorfer!"

„Freilich," erwiderte der Student, der recht höflich sein wollte. Als er am andern Tage erst den Schulzen, dann den Schnipfelbauern, den Kaspar auf dem Berge, den Waldbauern und zuletzt Hans Rumps hintereinander traf und jeder sagte: „Hm, 's wär schon gut, wenn wir die Bahn kriegten und nicht die Niederheudorfer," erwiderte er allemal sehr freundlich: „Natürlich, Oberheudorf muß die Bahn haben." Er meinte das auch wirklich so, Niederheudorf kannte er gar nicht, und da die Oberheudorfer sich so sehr eine Bahn zu wünschen schienen, wünschte er sie ihnen auch.

Die Niederheudorfer waren wütend, denn natürlich erzählten es ihnen die Oberheudorfer gleich: „Wir bekommen die Bahn!" Am zweiten Tage lief darum der Niederheudorfer Schulze so lange im Walde herum, bis er den Studenten traf. Der sammelte gerade Blumen, denn er war Botaniker, und das Blumensuchen gehörte zu seiner Arbeit. „Hm," brummte der Niederheudorfer Schulze grimmig, „die Bahn soll wohl hierher kommen?"

„Bewahre, die kommt doch nach Oberheudorf," erwiderte der Student und ließ den Schulzen stehen, seine Pflanzen gefielen ihm besser als der dicke Schulze. Der lief wütend heim, und die Niederheudorfer beschlossen, eine Eingabe an die Regierung zu machen, die Bahn solle über ihr Dorf gehen.

Am nächsten Morgen trafen zufällig etliche Oberheudorfer Buben und Mädel mit einigen aus Niederheudorf zusammen, und die Oberheudorfer taten sich so gewaltig mit der Bahn, daß es den Niederheudorfern zu viel wurde; sie behaupteten, es sei noch gar nicht sicher, gingen wie die Kampfhähne auf die andern los, und mit lautem Geschrei prügelten sie sich alle lustig untereinander.

Der Student geriet bei seiner Heimkehr aus dem Walde gerade unter die Streitenden. Er rief: „Aber Kinder, aber Kinder, was tut ihr denn? Schämt euch doch!"

„Da ist er!" schrieen die Oberheudorfer, und die Niederheudorfer riefen ebenfalls: „Da ist er!" Ihnen allen fiel die Mahnung ein, daß sie gut zureden sollten, und sie dachten, jetzt sei die Gelegenheit günstig, und auf einmal begannen die Niederheudorfer zu bitten: „Wir möchten die Bahn, ach bitte, bitte, wir möchten sie!"

Wütend schrieen die Oberheudorfer: „Gelle, wir kriegen sie, uns ist sie versprochen!"

Der Student schüttelte erstaunt den Kopf. Die Leute schienen hier sonst so nett zu sein, wenn sie nur nicht die unglückliche Bahn im Kopf gehabt hätten; er konnte mit niemand reden, ohne daß gleich von der Bahn gesprochen wurde. Und dabei war es doch gerade so schön still. Gut, daß es noch keine Bahn gab! Das wilde Geschrei der Kinder ärgerte ihn, und nun begannen noch die unnützen Buben und Mädel an ihm herumzuzerren und baten immer lauter: „Wir wollen die Bahn, gelle, wir kriegen die Bahn!"

„Niemand kriegt sie," rief der Student ärgerlich und versuchte, die Kinder von sich abzuwehren. Aber die dachten an das Wort des Handelsmannes, sie sollten nur zureden, und so baten sie immer stürmischer: „Wir wollen die Bahn, nein, wir, wir, gelle, wir kriegen sie?"

Dem Studenten wurde die Sache zu bunt, er schüttelte sich wie ein ins Wasser gefallener Pudelhund und schalt fürchterlich. Aber alles half ihm nichts, am Rockzipfel hingen ihm zwei, an der Botanisiertrommel eins, rechts und links an jedem Arm gleich immer drei, und alle bettelten und baten: „Wir wollen die Bahn, bitte, bitte, uns!"

„Niemand kriegt sie, niemand." brüllte der Student, da riß der Riemen seiner Botanisiertrommel, und pardauz flogen Pflanzen, Notizbuch, Frühstücksbrot, alles in einem weiten Bogen herum, und ritsch, riß dem Studenten auch noch ein Ärmel aus. „Wenn ihr mich jetzt nicht los laßt, dann – dann dürft ihr nie mit der Bahn fahren," rief der Geplagte wütend. Da bekam er endlich etwas Luft, raffte seine Sachen zusammen und rannte, was er konnte, der Mühle zu.

Die Kinder ihm nach, heidi, wie der Wind, sie sahen aber nur gerade noch des Fremden Rockzipfel in der Mühle verschwinden, als sie ankamen, und hinein wurden sie nicht gelassen. Sie zogen also jammernd nach Hause, und dort erzählten sie klagend, was geschehen sei. Darüber gab es eine mächtige Aufregung in beiden Dörfern. Zuerst bekamen alle Buben und Mädel, die dabeigewesen waren, so heftige Schelte, daß sie die Nase bis auf die Erde hingen und sich nur wunderten, daß an diesem Tage nicht auch draußen Blitze und Donner herniedergingen. „Wenn wir die Bahn nicht kriegen, seid ihr schuld daran," sagten sie in Ober- und Niederheudorf.

„Es wäre schon am besten, einmal zu dem Herrn hinzugehen," sagte am nächsten Morgen seufzend der Schulze von Oberheudorf, und der von Niederheudorf dachte das auch. „Aber freilich, es muß noch jemand mitgehen," sagte der Oberheudorfer Schulze, und der von Niederheudorf forderte gleich zwei reiche Bauern auf. Die Niederheudorfer hatten sich etwas schneller besonnen, und so kam es, daß die Bauern alle miteinander an der Wassermühle zusammentrafen. Sie schauten sich ein bißchen verlegen an, es wußte gleich jeder vom andern, warum er gekommen war. Die Müllerin kam den Gästen mit betrübter Miene entgegen und klagte: „Er ist fort! Gestern ist er fuchswild heimgekommen, und heute in aller Morgenfrühe hat er seine Sachen gepackt und ist abgezogen. Er hat gesagt, hier wär's sonst schon recht, und die Mühle gefiele ihm besonders gut, aber daß die Leute alle den Bahnrappel hätten, das wäre schlimm." Die Müllerin trocknete sich die Augen mit der Schürze ab, die Sache ging ihr nahe; daß das Studentlein fort war, tat ihr bitter leid, sie hätte dem blassen Stadtherrn doch himmelgern rote Backen angepflegt. „Wie er schon ein Stückchen weg gegangen war," fuhr sie klagend fort, „hat er sich noch umgedreht und gerufen: ‚Besser wär's, wenn gar keine Bahn herkäme!'"

Die Bauern sahen sich betroffen an. Na, das wäre ja eine schöne Geschichte! Über diesen Schreck vergaßen sie allen gegenseitigen Zorn und redeten ganz vernünftig zusammen. Nachher zogen sie sehr verstimmt, sehr geärgert heimwärts. Die Müllerin sagte zwar, sie glaube, der Herr habe gar nichts mit der Bahn zu tun gehabt, aber trau' einer den Stadtleuten. Nach drei Tagen bekamen der Ober- und Niederheudorfer Schulze je einen Brief, in dem stand, daß die Bahn über Langenrode gehen würde, das lag etwa eine Stunde von jedem Dorf landeinwärts. „Schockschwerenot, da haben wir's! An der ganzen Geschichte sind nur die Kinder schuld, das unnütze Gesindel," rief der Niederheudorfer Schulze, und der von Oberheudorf schalt nicht minder, nur sagte er: „Hagelwetter!"

Die Buben und Mädel, die dabeigewesen waren, hatten keine guten Tage. Immer hieß es: „Da seid ihr daran schuld!" Ach, und sie hatten es doch so gut gemeint und hatten sich selbst so sehr auf die Bahn gefreut.

Wieder nach einigen Tagen erfuhren es die Leute in beiden Dörfern, daß das Studentlein ganz unschuldig an der Sache war. Da atmeten die Kinder auf: nun konnten sie doch nichts dafür, daß es keine Bahn gab. Sie sagten auch gleich sehr keck: „Na, auszureißen brauchte der Herr auch nicht gleich, wir waren doch so nett mit ihm!" Und flugs waren sie wieder lustig und unnütz wie vorher. Die Müllerin meinte auch, nun könnte ihr Stadtherr eigentlich wiederkommen. Aber der kam nicht, der hatte genug von der Oberheudorfer Ruhe.

Ein Wundervogel.

Wieder einmal war die Zeit der großen Sommerferien gekommen. An einem Sonnabend saßen alle Buben und Mädel, die fleißigen und die faulen, sehr vergnügt und feierlich zum letzten Male in der Klasse. Drei Wochen Ferien lagen vor ihnen, eine lange, wundervolle Zeit! Sämtliche Buben- und Mädelfüße zappelten an diesem Tage unter den Tischen hin und her wie Mäuslein, wenn sie in eine Falle gegangen sind, sie konnten das Hinauslaufen gar nicht mehr erwarten. Und das tuschelte und wisperte in den Reihen, und die Augen blitzten und blinkerten wie frisch geputzte Fensterscheiben im Sonnenglanz. Mädelzöpfe wippten auf und ab, und bald kicherte es hier, bald dort, ein Federhalter, der zu Boden fiel, brachte die ganze Schar zum Lachen, und Anton Friedlich tunkte beinahe mit seiner Nase in das Tintenfaß vor Vergnügen. Die Spatzen, die auf dem Fenstersims saßen und Frühstückbrotreste verspeisten, dachten sicher: „Na, das sollen nun brave, gesittete Schulkinder sein! Potztausend, ja, anders geht es in unserer Spatzenschule auch nicht zu!"

„Ob wir viel Ferienarbeiten kriegen?" flüsterte auf der Mädelseite Annchen Amsee ihrer Nachbarin Mariandel zu, und drüben auf der Bubenseite seufzten Heine Peterle, Anton Friedlich und noch einige andere: „Hoffentlich gibt's nichts auf!"

In diese Fragen hinein sagte der Herr Lehrer plötzlich:

„Ferienarbeiten will ich nicht viel geben, nur einen Aufsatz sollen die Großen schreiben, von irgend etwas erzählen, was ihr erlebt habt, oder etwas beschreiben, was euch sehr gefällt; die Kleinen mögen..."

Was die Kleinen sollten, darauf hörten die Großen gar nicht mehr, sie waren nur heilfroh, daß sie selbst nicht viel aufbekommen hatten. Ein Aufsatz! Pah, die Arbeit war nicht groß, die störte nicht die Ferienfreude, und so stürmten denn die Kinder mit lautem Jubelgeschrei nach Schluß der Schule auf die Dorfgasse hinaus.

„Bewahr' mich!" sagte Muhme Rese, die mit ihrem Strickstrumpf vor der Haustüre saß, „heute schreien aber die Kinder wie die Hottentotten!" Muhme Rese hatte zwar in ihrem ganzen Leben noch keinen Hottentotten gesehen, und wo die eigentlich lebten, wußte sie auch nicht, aber „Hottentottengeschrei" galt ihr als etwas Fürchterliches.

„Nä, der Lärm! Wozu es auch nur Ferien geben muß!" murrte Schuster Pechdraht.

Nun, wenn es der Schuster auch nicht wußte, die Buben und Mädel wußten es ganz genau, wozu Ferien da sind; sie hatten so viele lustige Ferienpläne, wußten so viele Spiele, die sie spielen wollten, daß sie auch mit sechs Wochen Ferien fertig geworden wären.

Als Traumfriede heimkam und seine Bücher in den Schrank legte, kam Muhme Lenelies rasch aus dem Gärtchen heraus und sagte: „Du, Friede, die Wassermüllerin war vorhin da, sie läßt fragen, ob du die Ferien über Hirt bei ihr sein willst; ihr Peter soll bei der Ernte helfen. Magst du?"

Die gute Muhme fragte ein bißchen mitleidig, sie hätte ihrem Pflegesohn gern die Ferienfreiheit gegönnt.

Friede aber machte gar kein betrübtes Gesicht, sondern sah sehr vergnügt drein. Des Wassermüllers Kühe austreiben und den lieben langen Tag draußen sein zu dürfen, erschien ihm ein köstliches Ferienvergnügen.

Er sagte darum hell und froh: „Ei gewiß, Muhme, ich tu's gern!"

Am Montag in aller Morgenfrühe zog der Bube mit seiner kleinen Herde nach dem Buchberg, einem nicht allzu hohen Berg, der gutes Weideland hatte. Alle andern Oberheudorfer Buben und Mädel lagen noch in ihren Betten und genossen Ferienruhe, aber Friede beneidete sie nicht, es dünkte ihm wundervoll, so an einem taufrischen Sommermorgen auszuziehen, einen langen, sonnigen Tag vor sich. In seinem Rucksäckchen hatte er Brot und ein Buch, das ihm der Lehrer geborgt hatte, damit kam er sich reich und glücklich wie ein Prinz vor. –

Ferien sind eigentlich kuriose Dinger, sie haben so lange Beine, daß sie weglaufen, ehe Buben oder Mädel noch recht wissen, daß sie da sind. Hui, wupp! sind sie um die Ecke herum, und das arme Schulkind steht da und hat das Nachsehen. Den Oberheudorfer Kindern erging es gerade so. Erst hatten sie gemeint, die Ferienwochen wären endlos lang, und auf einmal war schon die dritte Woche da, sie wußten nicht wie. „Es sind gar keine richtigen Ferien," schalt Heine Peterle am Montag dieser letzten Ferienwoche; er hatte nämlich dreimal auf dem Felde helfen müssen, und nun stöhnte der kleine Faulpelz über die viele Arbeit. An diesem Montagmorgen nun hatte er so viel zu tun, daß er, die Hände in den Hosentaschen, vor der Haustür stand und – gähnte. Er wußte nicht, was er zuerst anfangen sollte. Die Mutter hatte gesagt: „Fange heute einmal deinen Aufsatz an, es wird Zeit!" Muhme Rese hatte geraten: „Hilf mir heute etwas im Garten, das ist gesund," und der Vater hatte den Vorschlag gemacht: „Erst schreibe etwas, dann komm und hilf beim Einfahren, das muß ein künftiger Bauer lernen."

Heine Peterle fand nun alle diese Pläne nicht sonderlich verlockend, viel vergnüglicher fand er Schulzens Jakobs Vorschlag, mit nach dem Buchberg zu gehen und Traumfriede zu besuchen. Wenn nur der Aufsatz nicht gewesen wäre, die Gartenarbeit und das Einfahren, dann – –

„Heine Peterle," rief just in diesem Augenblick seine Mutter, „du könntest heute erst einmal nach Niederheudorf laufen und dort beim Krämer Schnelle Stärke holen, unserer hat keine mehr!"

So, das war nun eine Arbeit, die Heine Peterle gut gefiel, zu der fanden sich auch Genossen, und schon nach etlichen Minuten trabte eine vergnügte Schar auf Niederheudorf zu. Dicht hinter dem Dorfe trafen die Kinder einen Boten des Grafen Dachhausen, der hielt sie an und erzählte ihnen, der Papagei der Gräfin sei ausgerissen; sie möchten unterwegs aufpassen, wer ihn wiederbrächte, sollte eine Belohnung erhalten. Der Vogel habe eine feine goldene Kette am Fuß, an der sei er vielleicht zu fangen. Dies war eine aufregende Sache. „Wir suchen ihn," sagten die Kinder gleich sehr eifrig. Schulzens Jakob meinte sogar ganz kaltblütig: „Heine Peterle kann ja allein nach Niederheudorf gehen, wir laufen in den Wald und suchen den Vogel."

Heine Peterle war sprachlos über diese Treulosigkeit, Annchen Amsee aber rief fix: „Nein, das tue ich nicht, der Vogel kann ja ebenso gut an der Straße auf einem Baum sitzen. Ich hab's Heine Peterle versprochen mitzugehen und gehe mit!"

Schulzens Jakob schwieg, er schämte sich ein bißchen, die

andern Kinder aber sagten alle: „Annchen hat recht." Sie zogen also miteinander nach Niederheudorf, liefen sehr still und eilig ins Dorf hinein, kauften Stärke ein und rannten wieder hinaus, sie wollten nicht erst von den Niederheudorfer Kindern gesehen werden. Auf dem Wege nach Niederheudorf hatten sie keinen blaugrünen Papagei gesehen, soviel sie auch geguckt hatten, und auf dem Rückwege durch den Wald war auch kein fremder Vogel zu erblicken.

Nahe am Buchberg, wo Traumfriede seine Herde hütete, kam Hans Rumps den Kindern entgegen. „Wißt ihr schon," rief er bereits von großer Weite, „daß – –"

„Ja," schrieen die Kinder alle, „wir wollen ihn suchen!"

„Suchen, warum denn suchen?" fragte Hans Rumps verdutzt.

„Ist er denn schon da?" riefen die Kinder enttäuscht.

„Na freilich ist er da, ist immer dagewesen. Warum sollte er auch nicht da sein? Er hat es doch gesehen, wie der Wagen umfiel," erklärte der Nachtwächter.

„Ist denn der Papagei in einem Wagen gefahren?" Die Kinder sahen Hans Rumps verwundert an, und Hans Rumps sah die Kinder verwundert an und brummte: „Was redet ihr denn da von einem Papagei? Was ist das überhaupt für ein närrisches Ding?"

„Ein Vogel ist das," riefen die Kinder und redeten dann alle durcheinander: „Davongeflogen ist er. Manchmal kann ein Papagei auch sprechen, sagt der Herr Lehrer." – „Der Frau Gräfin gehört er." – „Wenn wir ihn finden, sollen wir was kriegen. Helft uns doch suchen."

„Na, ich sag's doch," rief Hans Rumps höchlichst erstaunt, „bei uns passiert immer mehr, als ein Mensch vertragen kann. Dem Schulzen ist sein Erntewagen umgefallen, pardauz! da lag er, und nun fliegt auch noch ein Papagei im Walde herum. Du meine Güte, was soll das nur werden, wenn es so fortgeht!"

„Schafskopp, Schafskopp, halt den Schnabel," kreischte neben Hans Rumps plötzlich eine Stimme, und der brave Nachtwächter erschrak so, daß er sich rittlings in das Moos setzte. „Was ist denn das, was schreit hier denn so?" jammerte er ängstlich. „Kinder, erbarmt euch, hier ist ja wohl am hellichten Tage ein Gespenst!"

„Mach die Tür' zu, mach die Tür' zu," kreischte es wieder, und nun sahen die Kinder einen blaugrünen Vogel, der über ihnen auf einer Buche saß und sich Nachtwächter und Kinder ganz vergnügt von oben herab ansah.

„Es ist der Papagei, der Frau Gräfin ihr Papagei! Er kann sprechen, ach, er kann sprechen! Wir kriegen was," schrieen die Kinder aufgeregt und sprangen an dem Baum hoch, um die feine goldene Kette zu fassen, die an dem Fuß des Wundervogels hing. „Hans Rumps, sieh doch, da ist er, da sitzt er!"

„Wo denn?" murmelte Hans Rumps und sah immer an einer Tanne hinauf. Er zitterte ordentlich, so war ihm der Schreck in die Glieder gefahren.

„Schafskopp, Schafskopp, mach die Tür' zu," kreischte der Papagei wieder. Doch was zu viel ist, ist zu viel. Hans Rumps sprang wütend auf. Ein Vogel sollte das sein, der da sprach und ihn, den Nachtwächter von Oberheudorf, einen Schafskopf nannte, – das war ihm doch zu toll. „Was fällt dir denn ein, du dummes Vieh du?" brüllte er und sprang auf.

„Was hast du denn zu sprechen? So eine Frechheit, mich Schafskopf zu nennen! Nä, nu sag' noch ein Wort, dann sollst du..."

„Mach die Tür' zu, geschwind, geschwind!" schnarrte der Papagei und hopste wild von Ast zu Ast. Unten sprangen die Kinder ebenso wild nach der Kette, um den Vogel zu fangen, der Nachtwächter aber sagte beleidigt: „Das ist ein unverschämtes Tier, nä, das ist gar kein richtiger Vogel. Ich geh' nach Hause, schimpfen lasse ich mich nicht." Er warf dem Papagei einen verächtlichen Blick zu, bückte sich, hob seine Mütze auf, die zu Boden gefallen war, und schickte sich an heimzugehen.

„Hahahahaha, willst du ein Küßchen?" kreischte der Vogel.

Traumfriede und der Papagei.

„Na, nun schlägt's dreizehn, nun will mir das

unvernünftige Biest gar noch einen Kuß geben! Na warte!" rief Hans Rumps empört. Er nahm sein Horn, das er immer bei sich trug, denn es hätte doch wirklich einmal brennen können, und tutete laut hinein. „Tuttut," klang es durch den Wald, und erschrocken flog der Papagei auf – und weg war er.

Verblüfft starrten ihm die Kinder nach. „Nachtwächter," riefen sie klagend, „du hast ihn verjagt, nun kriegen wir vielleicht nichts!"

„Schadet nischt," sagte Hans Rumps ungerührt, „nun hat das Untier doch mal gesehen, wer ich eigentlich bin. Geht lieber nach Hause, 's ist gleich Mittagszeit. Wenn ihr zu spät kommt, kriegt ihr Schelte, und nachmittags ist der Vogel, der gewiß gar kein Vogel ist, sicher noch da. Marsch, lauft, sonst bekommt ihr nichts zu essen!"

Brummelnd, sehr verdrießlich und doch recht mittagshungrig traten die Kinder den Heimweg an. Der Nachtwächter tat, als bemerkte er ihren Ärger gar nicht, er ging stolz voran. Daß er dem Vogel Respekt eingeblasen hatte, befriedigte ihn ungemein; wie ein rechter Held kam er sich vor. –

Muhme Lenelies' Pflegesohn saß an diesem stillen Sommertag höchst vergnügt unter einer alten Eiche und gab auf seine Herde acht. Sonderlich schwer machten es die fünf Kühe und drei Ziegen ihrem Hüter nicht, sie in Ordnung zu halten, und der Bube war wieder einmal recht der Traumfriede, er träumte mit offenen Augen wundervolle Dinge. In den Zweigen des Baumes rauschte es, und dem Buben war es, als flüsterten die leise aneinanderschlagenden Blätter ihm allerlei seltsame Geschichten zu. Der Herr Lehrer hatte den Kindern in der Schule von den alten Germanen erzählt, die im heiligen Eichenhain dem Gott Donar geopfert hatten, und von diesen längst vergangenen Tagen rauschte und raunte es in dem alten Baum, von den Helden, die einst in seinem Schatten von ihren Kriegstaten berichtet und die Schädel der geopferten Kriegsrosse am Stamme befestigt hatten. Aber auch von Elfen und Waldweibchen flüsterte es, von Sommernächten, in denen hier auf weichem Wiesengrund sich ein lustiges Märchenvolk im Tanze drehte. Aus diesen Träumen schrak der Bube plötzlich empor. Über ihm rief eine schnarrende Stimme: „Schafskopp, gib mir ein Küßchen, hahaha, gib mir ein Küßchen!" Friede faßte sich unwillkürlich an seine Nase und zog kräftig daran, – träumte oder wachte er?

„Mach die Tür' zu, mach die Tür' zu!" kreischte es da wieder, und nun sprang Friede doch auf und sah sich um. In dem Gezweig der Eiche saß ein blaugrüner Vogel, der mit schief gehaltenem Kopf den Buben sehr prüfend ansah. Friede mußte an das Märchen vom blauen Vogel des Glücks denken, das Muhme Lenelies ihm erzählt hatte. War das nun ein Glücksvogel? Er faßte sich wieder an die Nase: nein, er war doch wach und träumte nicht mehr, und der Wundervogel gehörte ins Märchenland, also mußte das wohl hier doch ein anderer sein. Nun sah der Bub aber auch die feine, goldene Kette, die von dem Fuß des Vogels herabhing. Gewiß war der Vogel irgendwo ausgerissen. „Lola hat Hunger, Hunger," kreischte der Vogel und schlug mit den Flügeln, als wollte er davonfliegen. Friede besann sich nicht lange. Er nahm rasch sein Brot aus dem Sack, zerbröckelte ein Stück und streute es für den seltsamen Gast hin. Der besah sich etwas erstaunt die Sache, hüpfte aber doch auf einen niedrigen Ast, legte den Kopf auf die andere Seite und schien sich zu überlegen, ob die Mahlzeit wohl für ein so vornehmes Tier gut genug sei. In diesem Augenblick griff Friede rasch nach der Kette und zog daran den Vogel vom Baum. Der war erst so verblüfft, daß er sich ruhig greifen ließ, plötzlich aber besann er sich und hackte wütend nach Friedes Hand. „Au!" schrie der Bube laut, hielt den Vogel aber trotz des heftigen Schmerzes fest und steckte den zappelnden und laut „Schafskopp" schimpfenden Gesellen kurz entschlossen in seinen Rucksack. Da war der Herr Papagei gefangen; es half ihm nichts, daß er schnarrte: „Schafskopp, Schafskopp, mach die Tür' zu, mach die Tür' zu!"

Friede lachte: „Sie ist ja zu! Sei du nur still, es wird schon herauskommen, wem du ausgerissen bist." Der Bube war nicht so empfindlich wie Hans Rumps, und die vielen Schafsköpfe, die ihm der Papagei in seiner Wut zurief, ärgerten ihn nicht. Er lachte darüber, wie drollig das war, daß ein Vogel sprechen konnte. Gewiß war es ein Papagei, von diesen Vögeln hatte der Herr Lehrer auch erzählt.

Über des Buben Hand aber rann das Blut, und die Wunde schmerzte heftig. Friede nahm einen Krug mit Wasser, den er sich immer an der Quelle, an der er früh vorbeikam, füllte, und wusch die Wunde ab. Der Papagei hatte ein ganzes Stück Fleisch aus dem Ballen der linken Hand gehackt, und so weh es tat, Friede dachte doch: „Gut, daß es die linke Hand ist, da kann ich wenigstens was anfassen." Der Papagei zappelte in seinem Gefängnis hin und her, bald fuhr er hier, bald dort mit seinem Schnabel durch den Stoff und suchte sein Gefängnis zu zerreißen. Friede hatte einen Bindfaden genommen und damit die Kette an einem niedrigen Ast angebunden; kam der Vogel aus dem Sack heraus, so mußte er immer noch eine Weile zerren und beißen, ehe er ganz frei wurde.

Etwas hilflos sah sich Friede nun um. Er wußte nicht recht, was er tun sollte; seine Herde konnte er nicht verlassen, sie heimzutreiben, war es zu früh, aber die Hand tat ihm sehr, sehr weh, und er sehnte sich nach Muhme

Lenelies, die so gut solche Schäden zu heilen wußte.

Es war recht gut, daß an diesem Tage Leberecht Sperling auch einmal aus dem Walde heraus nach dem Buchberg ging, sonst wäre dem armen Friede die Zeit doch wohl recht lang geworden. Seit ihn der Waldhüter heimgetragen, war zwischen ihnen beiden eine stille Freundschaft, und so rief Friede heute auch laut, als er diesen von ferne erblickte: „Herr Waldhüter, Herr Waldhüter!"

„Na, was soll's denn?" brummte der und kam näher. Friede rannte ihm entgegen und erzählte ihm rasch von seinem Fange. „Den suche ich doch gerade, diesen Ausreißer," schalt Leberecht Sperling. „Unsere Frau Gräfin ist ganz traurig, und die junge Gräfin heult wie – wie eine Dachrinne." Daß eine weinende Gräfin und eine tropfende Dachrinne doch recht verschieden sind, störte den Waldhüter nicht, und Friede fand den Vergleich sehr schön. Leberecht Sperling aber schimpfte auf den Papagei, auf Friede, auf die verletzte Hand, auf des Waldmüllers Ziegen, weil die neugierig herbeikamen, auf die Sonne, die zu heiß brannte, und noch auf alles Mögliche und Unmögliche. Als er genug geschimpft hatte, sagte er, Friede solle noch ein wenig warten, er würde nach seinem Hause gehen, das nahe lag, und einen Korb holen und darin den Papagei selbst nach dem Schlosse tragen. Es dauerte auch nicht lange, da kam Leberecht Sperling wieder zurück. Er brachte in dem Korb ein reines Tuch und eine Flasche Arnika mit und verband Friede unter vielem Stöhnen und Brummen sehr sanft und ordentlich die Hand, dann holte er aus dem Korb noch einen Topf Kaffee und ein Stück Striezel heraus, sagte zu Friede mit einer Stimme, als wollte er den Buben selbst aufessen, er sollte jetzt essen und trinken, nachher würde er wiederkommen und ihm erzählen, wie er den Papagei nach dem Schloß gebracht hätte. „Mach die Tür' zu, mach die

Tür' zu," schrie der Gefangene in seinem Korb. „Freilich wird sie zugemacht," brummte Leberecht Sperling ungerührt und trabte los.

Friede saß nicht mehr lange in Einsamkeit und Stille unter der Eiche. Schwatzend, lärmend, Musbrote schmausend, sehr aufgeregt und hoffnungsvoll kamen ungefähr zwanzig Buben und Mädel angelaufen. „Friede, wir suchen einen Papagei! Friede, denke nur, er kann sprechen, und wenn wir ihn fangen, dann kriegen wir was!"

Traumfriede lachte und erzählte nun von seinem Fang, und daß Leberecht Sperling den Papagei nach dem Schloß getragen hätte. „Das ist doch ein Märchen," sagte Annchen Amsee, und ein paar Stimmen riefen: „Er neckt uns nur."

Aber Friede verteidigte sich, er zeigte seine verletzte Hand und erzählte, was der Papagei gesprochen hatte, da mußten es ihm die andern freilich glauben, daß der Wundervogel bereits gefangen sei. Anton Friedlich, Krämers Trude und noch ein paar andere sagten ein bißchen enttäuscht: „Ach, nun kriegt Friede alles und wir nichts!"

„Pfui," murrte der dicke Friede, „ihr seid neidisch, das ist häßlich." Auch Annchen Amsee, Mariandel, Heine Peterle und noch andere riefen: „Der Friede verdient's doch, gönnt's ihm doch!" Da schwiegen die kleinen Neidhammel beschämt. Friede aber war rot geworden, an eine Belohnung hatte er gar nicht gedacht; nun kam's ihm auf einmal in den Sinn, wie schön das wäre, wenn er Muhme Lenelies etwas mitbringen könnte. Darüber vergaß er fast die Schmerzen an seiner Hand, und als Annchen Amsee ihn mitleidig fragte: „Tut's sehr weh?" da lächelte er tapfer: „Es ist nicht so schlimm!"

Die Kinder beschlossen, auf Leberecht Sperling zu warten.

Er würde zwar brummen, aber das schadete nichts, die Neugier war doch größer als die Angst vor seinem Schelten. Aber ach, Leberecht Sperling kam freilich wieder, doch er erzählte gar nichts, er sagte nur ganz kurz und brummig zu Friede: „Sie lassen schön danken, das Schwatztier ist gut angekommen!" Dann wandte sich der Waldhüter zu den Kindern: „Daß ihr mir nicht in den Wald kommt! Hier könnt ihr bleiben. Ob die Kühe, Ziegen oder ihr auf dem Buchberg herumtrampeln, ist ja gleich!" Weg war Leberecht Sperling, und alle miteinander sahen ihm geärgert nach.

„Das ist alles?" schrie Heine Peterle endlich empört, und Anton Friedlich schalt: „Der tut gerade so, als ob jeden Tag ein Papagei im Walde herumfliegt. Nun gehen wir doch in den Wald."

Er fand aber keinen rechten Beifall mit seinem Vorschlag. Die Kinder fanden es viel besser, auf der andern Seite des Buchberges, dort, wo sich eine kleine Höhle befand, – Leberecht Sperling nannte es „ein Loch", – Indianer zu spielen, da man doch einmal draußen war. Schulzens Jakob orakelte: „Wenn wir jetzt heimgehen, müssen wir Aufsatz schreiben." Dazu hatten sie alle miteinander herzlich wenig Lust, und so zogen sie lachend und schwatzend weiter, und bald klang ihr fröhliches Spielgeschrei zu Friede hin, der still unter der Eiche saß. Er war ein wenig betrübt und enttäuscht und fühlte wieder heftiger die Schmerzen in seiner Hand.

Auf einmal raschelte es neben ihm: Waldbauers Mariandel war es, die zurückkehrte. „Friede," sagte sie ein wenig verlegen, „ich will dir frisches Wasser holen für deine Hand, weil du doch nicht fortkannst." Überrascht sah der Bube auf. Mit dem Mariandel hatte er immer nur wenig gesprochen; mal vor einiger Zeit, als der Kleinen ein Buch in den Schmutz gefallen war, da hatte er sie getröstet und sie heimgebracht. Mariandel nahm Friedes Wasserkrug, lief zur Quelle und kam vergnügt wieder; sie tat ordentlich wichtig wie eine kleine Krankenpflegerin. Dann saßen sie beide unter der Eiche, und Friede begann seiner Gefährtin von den Geschichten zu erzählen, die er am Morgen geträumt hatte. Mariandel lauschte andächtig, sie sah mit ihren großen Kornblumenaugen ernsthaft zu Friede auf, und wenn der einmal Atem holte, flüsterte sie rasch: „Ach, bitte, weiter!"

So saßen die beiden friedlich zusammen. Sie sagten es einander nicht, aber sie fühlten es beide, daß sie von dieser Stunde an gute Freunde waren. Der Nachmittag verging ihnen schnell genug, und sie waren beinahe erstaunt, als die andern spielmüde zurückkamen und mahnten, es sei Zeit heimzukehren. Friede trieb seine Herde zusammen, und vergnügt zogen alle dem Dorfe zu. Als Friede dann Muhme Lenelies sein Abenteuer erzählte und von der entgangenen Belohnung sprach, fragte die sonst so freundliche Muhme ganz ernst und streng: „Hast du's um eine Belohnung getan?"

„Nein," sagte Friede beschämt.

„Na, das wäre auch noch schöner gewesen," schalt die Muhme. „Nä, nä, nur nicht immer alles gleich aufs Belohnen ansehen, dabei kommt nischt Rechtes raus. Und nun geh ins Bett und sei vergnügt, daß du jemand hast einen Gefallen tun dürfen! Damit basta!"

Und Friede kroch geschwind und fröhlich in sein Bett und verschlief selbst die Schmerzen an seiner Hand. Es war doch ein reicher, schöner Tag gewesen: er hatte einen Wundervogel gefangen und eine liebe kleine Freundin gefunden.

165

Ferienarbeiten, und was daraus wird.

Man fängt nicht immer einen seltenen Vogel, und nach sehr ereignisreichen Tagen kommen mitunter recht stille Stunden. Dies merkte Traumfriede so recht am Tage nach seinem glücklichen Fange. Er saß wieder am Buchberg und war ein bißchen unruhig und erwartungsvoll, weil er dachte, irgend etwas oder irgend jemand müßte kommen. Aber kein Papagei, kein Waldhüter, keine fröhlichen Schulkameraden ließen sich sehen, ja selbst die Sonne kam den ganzen Tag nicht zum Vorschein. Früh war es trübe gewesen, und am Nachmittag war es immer noch grau und trübe, es regnete nicht, der Wind wehte auch nicht, und alle Vögel, Eichhörnchen und Häslein, und was sonst einmal an Friede vorbeigehuscht war, blieben ebenfalls unsichtbar. Alles in allem war es eigentlich etwas langweilig. Zum ersten Male fand es Friede recht still und einsam, und schließlich nahm er sich seine Bücher vor und begann seine Ferienarbeit ins Unreine zu schreiben.

Um die gleiche Zeit wanderte Muhme Lenelies nach Schloß Friedheim. Am Morgen, bald nach Friedes Weggang, war Leberecht Sperling bei der alten Frau gewesen und hatte ihr gesagt, sie möchte doch einmal zur Frau Gräfin kommen. Warum, das sagte der Waldhüter nicht, das war ihm zu beschwerlich, er war schon wieder draußen, ehe sich die Muhme von ihrem Erstaunen erholt hatte. „Na, ist recht," dachte diese, „werd's schon erfahren." Sie versorgte noch ihre Ziege Friederike, brachte ihr Häusel in Ordnung

167

und trat dann ihren Weg an.

Muhme Lenelies war eine schlichte, bescheidene Frau, gehörte aber nicht zu den Menschen, die vor einem, der reicher und höher gestellt ist, gleich allen Freimut verlieren. „Jedem die Ehre, die ihm gebührt, aber nicht vergessen, daß wir Menschen vor unserm Herrgott alle gleich sind," pflegte sie wohl zu sagen. Unter allerlei guten, freundlichen Gedanken verging der Muhme der Weg rasch, und bald lag das Schloß vor ihr. Sie fragte höflich und bescheiden nach der Frau Gräfin, und ein Diener führte sie gleich in ein hohes, schönes Zimmer.

In einem blanken Messingkäfig saß nun wieder gefangen der Papagei. Als der die fremde Frau erblickte, schlug er mit den Flügeln und rief recht unhöflich: „Schafskopp, Schafskopp!"

„Na," sagte Muhme Lenelies ganz ruhig, „ich dächte, du wärst eher einer. Wozu brauchst du denn auszureißen?"

„Das stimmt," sagte lachend jemand hinter der Muhme. Es war die Gräfin selbst, die leise eingetreten war. Freundlich reichte sie der alten Bauernfrau die Hand, und dann saß Muhme Lenelies, sie wußte selbst nicht wie, auf einmal auf einem wunderschönen, weichen Samtstuhl und erzählte vergnügt, als müßte es so sein, von ihrem Friede. Sie erzählte, wie der Bube zu ihr gekommen war, und wie lieb, brav und fleißig er sei, und weil die Frau Gräfin so aufmerksam zuhörte, erzählte sie auch von dem Wintertag, an dem der Bube im Schneesturm den weiten, weiten Weg gelaufen war, um ihr die Medizin zu holen.

Ganz still hörte die Gräfin zu, dann fragte sie noch allerlei, auch, was der Friede wohl einmal werden wollte. „Du meine Güte," sagte Muhme Lenelies bescheiden, „was soll er werden! Ein rechtschaffener Arbeiter hoffentlich. Freilich, freilich, so'ne Buben die haben immer mächtig große Rosinen im Kopf. Da ist der Heine Peterle, der sagt, er möchte mal General werden, und Schnipfelbauers Fritz, dem die Unnützigkeit schon aus den Jackenärmeln herausguckt, meint, zu einem Doktor würde er's schon bringen."

„Und der Friede?" fragte die Gräfin noch einmal.

Muhme Lenelies wurde ein wenig rot, dann sagte sie halb lachend, halb verlegen: „Na ja, der ist erst recht ein Hochhinaus, obgleich er ja sonst ein ganz bescheidener Bube ist, der – der – nä, die Frau Gräfin müssen ihn dann nicht für eingebildet halten, er möchte ein Lehrer oder ein Bücherschreiber werden."

Die Gräfin lachte und meinte: „Da wird er freilich noch viel lernen müssen." Sie fragte sie noch dies und das, dann brachte ein Diener einen vollgepackten Handkorb herein, den übergab die Gräfin der alten Frau und sagte freundlich: „Lassen Sie und Ihr Friede sich das gut schmecken, was in dem Korbe ist."

Muhme Lenelies war ganz verwirrt; sie dankte etliche Male, hörte es gar nicht, daß der Papagei sie um ein Küßchen bat, und dann war sie wieder draußen und war ordentlich niedergeschlagen, weil sie ihrer Meinung nach nicht genug gedankt hatte.

Als Friede am Abend heimkam und alle Herrlichkeiten anschaute, – es waren Kaffee, Zucker, Schokolade, Wurst und noch viele andere gute eßbare Dinge in dem Korb gewesen, – tanzte er vor Freude in der Stube herum. „Nun war der Papagei doch ein Glücksvogel!" jubelte er. „Oh, Muhme Lenelies, was für wunderschöne Ferien habe ich!"

Die Ferien benahmen sich nun nicht mehr anders, als sich Ferien leider benehmen. Schwipp, schwapp waren sie zu Ende, und an einem Montagmorgen liefen die Oberheudorfer Kinder wieder ihrem roten, leuchtenden Schulhause zu. Sie saßen wieder auf ihren Bänken, hier die Mädel, da die Buben, hinten die Großen, vorn die Kleinen. Und der Herr Lehrer, der verreist gewesen war, stand da, schaute in all die blinkeblanken Kinderaugen und fragte: „Na, waren die Ferien schön?"

„Ja!" schrieen alle miteinander, und alle Ferienlust und Ferienfreude klang in dem Ruf noch mit. Am lautesten aber schrie Friede, und seine Augen strahlten wie ein Paar Sterne. Dann begann die Stunde. Zuletzt sprach der Herr Lehrer: „Nun sollen noch einige von euch uns ihren Aufsatz vorlesen. Heine Peterle, fang mal an!"

Heine Peterle bekam einen Kopf, so rot wie ein ganzes Büschel Feuernelken, und stotternd las er: „Es war furchtbar schön. Dreimal mußte ich aufs Feld. Viermal gab's Kuchen. Es hat mir am besten gefallen, daß der Papagei immerfort Schafskopf schriete."

„Schreite!" tuschelte Schulzens Jakob.

„Schreite," stotterte Heine Peterle.

„Hat geschriet!" flüsterte der dicke Friede.

„Hat geschriet!" stammelte Heine Peterle.

„Schrie!" sagte der Herr Lehrer und runzelte ein wenig die Stirn. „Nun lies weiter!"

Heine Peterle riß die Augen weit auf, seufzte schwer und murmelte bedrückt: „Ich – bin fertig."

„Na, das muß man sagen," rief der Herr Lehrer, „angestrengt hast du dich nicht."

„Nä," bekannte Heine Peterle ehrlich und fiel mit der Nase beinahe auf sein Pult.

„Wir sprechen nachher noch miteinander," sagte der Lehrer streng. „Annchen Amsee, lies du vor!"

Annchen las. Sehr lang war ihr Aufsatz auch nicht, auch sie hatte von dem verflogenen Papagei geschrieben. Dann kam der blaue Friede dran, der hatte die gleiche Geschichte erzählt. Ein Berenbacher Bube hatte eine Fahrt nach der Stadt beschrieben, ein Mädel einen Besuch bei der Großmutter. Zuletzt rief der Herr Lehrer Traumfriede auf, und rasch wisperten ein paar Stimmen: „Der hat auch den Papagei."

Aber Friede hatte den Papagei nicht in seinem Heft. Der Bube hatte einen Tag im Walde beschrieben. Von Bäumen und Blumen, von der Sonne, dem Wind, dem Gesang der Vögel und den schneeweißen Ziegen hatte er erzählt; von dem alten Hünengrab und denen, die darin schliefen, und deren Singen und Sagen an sonnenhellen Tagen im Walde zu hören war. Wie ein Märchen klang es. Alle hörten ganz andächtig zu, und als Friede geendet hatte, da sahen ihn alle verwundert an. Nein, so einen Aufsatz hatte kein anderes Kind geschrieben, das war ja beinahe, als hätte Muhme Lenelies eine Geschichte erzählt.

Der Lehrer sagte nichts weiter, er nickte Traumfriede nur sehr freundlich zu, so freundlich, daß in dem Herzen des Buben die Hoffnung erwachte, eine besonders gute Zensur zu erhalten. „Nun gebt mir alle eure Hefte ab," gebot der Lehrer, und da ertönte auch schon draußen das Bimbaum der Schulglocke.

Etliche Minuten später standen alle Buben und Mädel draußen vor der Schule und schwatzten noch ein Weilchen hin und her, denn so ein erster Schultag nach den Ferien ist doch eine wichtige Sache.

Plötzlich rief Anton Friedlich ganz laut und patzig: „Traumfriede kann gut Aufsätze schreiben, wenn er sie sich von Muhme Lenelies machen läßt." Und gleich riefen ein paar andere Buben- und Mädelstimmen: „Pfui, das darf man doch nicht!"

Traumfriede war totenblaß geworden. Er war so ein ehrlicher, aufrichtiger Junge, daß der Gedanke, seine Arbeiten nicht allein zu machen, ihm nie gekommen wäre. Der leichtfertig ausgesprochene Verdacht kränkte ihn so tief, daß er gar nicht sprechen konnte. Als sei ihm die Kehle zugeschnürt, so war es ihm, und er kämpfte mit den heiß aufsteigenden Tränen. Da sagte auch Heine Peterle, der sich wegen seiner schlechten Arbeit schämte, ein bißchen hochfahrend: „Na, abschreiben würde ich nicht. Pfui, wie ruppig!"

Schwapp hatte er eine Ohrfeige bekommen, er wußte nicht wie, und Traumfriede wandte sich nach dieser Tat bleich mit funkelnden Augen von Heine Peterle zu Anton Friedlich: der flog in den Sand wie ein Gummiball. Die andern Kinder stoben erschrocken auseinander, so hatten sie den sonst so freundlichen, sanften Traumfriede noch nie gesehen. Der Bub sah aus, als wollte er seine sämtlichen Schulgenossen in den Sand werfen, und alle Buben und Mädel erhoben ein wildes Geschrei. „Er hat doch abgeschrieben," schrieen einige, und Anton Friedlich, der wieder aufgestanden war, brüllte laut: „Jawohl, sonst wäre er nicht so wild. Pfui, pfui!"

In all das laute Stimmengewirr hinein tönte ein sanftes

172

Stimmlein: „Er hat es bestimmt nicht getan, er schreibt gewiß nicht ab!" Niemand hörte sonderlich auf Waldbauers Mariandel, nur Friede hatte der Freundin Stimme gehört. Die brachte ihn etwas zur Besinnung, und er begann sich seiner Heftigkeit zu schämen. Er sagte kein Wort, aber er drehte sich verächtlich um und rannte weg, so blitzschnell, daß die andern ihm erst ganz verdutzt nachsahen. Aber dann erhoben Anton Friedlich und Heine Peterle ihre Stimmen: „Er reißt aus, er reißt aus, pfui, er reißt aus!" Und Mädel und Buben, die Großen und die Kleinen rannten alle lärmend hinter Friede her.

Der Bube aber war bei seiner eiligen Flucht auf ein unerwartetes Hindernis gestoßen. Mitten auf der Dorfstraße vor der Schmiede stand ein stattlicher Wagen, und an dem Wagen stand die Frau Gräfin Dachhausen und sprach mit dem Schulzen. Etliche Dorfleute standen dabei, auch Muhme Lenelies hatte sich dazugesellt. Die Gräfin kam mit ihrer Begleiterin von einer Spazierfahrt zurück. Unterwegs hatte das eine Pferd ein Hufeisen verloren, nun sollte der Schmied das Tier frisch beschlagen. „Nä, Friede," rief Muhme Lenelies entsetzt und hielt ihren Pflegesohn geschwind am Jackenärmel fest, „warum rennste denn so? Man läuft doch die Menschen auf der Straße nicht um!"

Friede blickte sich ganz verstört um; er sah die Frau Gräfin, die erstaunten Gesichter der andern, hörte das immer näher kommende Geschrei seiner Kameraden, und eine wilde Verzweiflung ergriff ihn. Nun würden es alle hören, daß man ihn für einen Abschreiber, einen Lügner hielt. Er klammerte sich an Muhme Lenelies an und brach in ein verzweifeltes Schluchzen aus.

„Friede, mein Junge, ih, was fehlt dir denn?" rief die alte Frau besorgt, und die Gräfin fragte freundlich: „Ist das der Bube, der meinen Papagei gefangen hat? Warum weint er denn so?"

Die ganze lärmende, schreiende Schuljugend war jetzt herangekommen. Als sie die allen bekannte Gräfin erblickten, blieben sie aber doch ganz verdattert stehen, und ihr Schreien verstummte. Nur ein Stimmlein hob sich wieder mutig aus der Schar heraus, und diesmal wurde es von allen gehört; Mariandel rief: „Er hat es nicht getan, er tut so etwas nicht."

„Was soll denn mein Friede getan haben? Warum verfolgt ihr ihn?" fragte Muhme Lenelies aufgeregt. Ihre sonst so freundlichen Augen blitzten drohend die Kinder an, und die wurden ganz verlegen; eins sah betreten das andere an, und etliche, die vorn standen, suchten sich hinter den andern zu verstecken. Endlich aber trat doch Anton Friedlich vor und wollte erzählen, was Friede getan haben sollte. Gleich fielen zwei, drei andere Stimmen ein, und dazwischen rief Mariandel wieder: „Er hat es nicht getan." Annchen Amsee und Krämers Trude riefen nun auch der Freundin nach: „Er hat es nicht getan!"

„Potzwetter noch einmal, macht nicht so'n Geschrei," brüllte jetzt der Schulze die Kinder an. „Was soll denn die Frau Gräfin von unserm Dorf denken? Jakob, komm mal vor und sag, was los ist, aber geschwind und kurz, sonst sperre ich euch alle zusammen ein!"

Das half. Jakob trat vor und erzählte etwas stotternd und verlegen von Friedes Aufsatz, und was Anton Friedlich und Heine Peterle gesagt hätten, und daß Friede gleich wild geworden sei.

„Es ist nicht wahr!" Friede löste sich aus Muhme Lenelies' Armen, rot, heiß, mit blitzenden Augen stand er da. Er schämte sich unsagbar, daß er so verklagt wurde, aber

174

Mariandels Ruf und Muhme Lenelies' Nähe hatten ihm seinen ganzen Mut zurückgegeben. Er reckte sich stolz und gerade auf, wie ein kleiner Held schaute er sich um und rief noch einmal laut mit klingender Stimme: „Es ist nicht wahr, was sie sagen, ich habe die Arbeit bestimmt allein gemacht, aber" – er stockte einen Augenblick, dann fuhr er tapfer fort – „Heine Peterle habe ich geschlagen und Anton Friedlich hingeworfen!"

„Nu guck einer den Buben an," brummelte vergnügt der Schulze, „wie ein richtiger kleiner Kampfhahn steht er da."

„Seine Arbeit hat er allein gemacht," erklärte Muhme Lenelies laut und ernst, „das muß ich doch wissen. Lügen tut mein Friede überhaupt nicht. Freilich so wild um sich zu hauen, das brauchte er nicht."

„Ich denke," sagte nun die Gräfin, die still zugehört hatte, „ihr vertragt euch miteinander. Wer einen Kameraden unrecht beschuldigt, ihn gar einer Falschheit und Lüge zeiht, verdient zwar mehr Strafe als eine Ohrfeige und einen Puff, aber weil Friede auch gleich zu heftig war, werdet ihr euch wohl gegenseitig verzeihen."

Das gütige Wort stellte den Frieden wieder her. Die meisten Buben und Mädel schämten sich ohnehin, daß sie gleich Anton Friedlichs bösem Wort geglaubt hatten, besonders Heine Peterle. Er war herzlich froh, daß er mit dem Kameraden wieder gut sein konnte, und schüttelte Friede ganz vergnügt die Hand, so herzlich, als sei eine Ohrfeige mindestens ein Stück Kuchen. Anton Friedlich aber riß aus. Er war ein Trotzkopf und ging mitunter tagelang einsam und verärgert herum, ehe er es fertig brachte, sich mit jemand auszusöhnen. „Er fährt am schlimmsten dabei," sagte Muhme Lenelies, als sie mit Friede und Mariandel heimging. „Trotz quält allemal den, der trotzig ist, am meisten. Und nun, Friede, bringe Mariandel heim, und dann komm geschwind zum Essen."

Hand in Hand liefen die Kinder nach dem Waldbauernhof. Friede war ordentlich stolz auf seine tapfere Freundin, und an dem Hoftor sagte er treuherzig: „Ich danke dir!"

„Du, Friede, ich weiß was!" Mariandel hopste von einem Beinchen auf das andere, und ihre Kornblumenaugen strahlten den Freund lustig an.

„Was weißt du denn?"

„Ach, was Feines, was Feines! Rate mal!" Aber ehe Friede noch seinen Mund auftun konnte, flüsterte Mariandel schon rasch: „Die Frau Gräfin liest deinen Aufsatz. Ich hab's gehört, sie hat's zu der andern Dame gesagt."

Friede wurde blutrot und sah so unglücklich drein, daß Mariandel erschrocken fragte: „Freust du dich nicht?"

Der Bube schüttelte den Kopf. „Ich schäm' mich so, ich schäm' mich so," stammelte er, und dann lief er geschwind weg und ließ Mariandel stehen. Die Kleine sah ihm traurig nach, ihr war es zumute, als sei sie mit ihrem Sonntagskleid ins Wasser gefallen.

Friede kam so niedergeschlagen heim und gab so kurze Antworten, daß Muhme Lenelies ärgerlich sagte: „Na, das ist schon wie beim Bader, wenn der'n Zahn rausziehen will, just grad' so muß ich dir die Worte aus dem Mund ziehen. Jetzt red' mal fix und sag, warum du so ein Gesicht machst, als müßtest du sechs Mühlsteine als Vesperbrot verzehren!"

Da erzählte Friede kleinlaut, was Mariandel ihm verraten hatte. Muhme Lenelies lachte herzhaft: „Na, was schadet das? Eine Arbeit, die man recht getan hat, braucht man doch nicht zu verstecken. Wenn die Frau Gräfin die Arbeit liest und ist zufrieden, dann freue dich, aber bilde dir nicht gleich ein, ein wichtiger Bube zu sein. Na, und wenn die Arbeit der Frau Gräfin nicht gefällt, dann mußt du dir halt immer noch mehr Mühe geben. So, und nun iß dich ordentlich satt, und nachher wollen wir beide Kräuter und Pilze suchen gehen.“

Nach dieser Rede der Muhme schmeckte dem Friede das Essen gleich prachtvoll, und fröhlich rüstete er sich dann zum Waldgang. Er durfte Mariandel dazu holen, und die

Kleine wurde darüber auch wieder vergnügt; mit Muhme Lenelies in den Wald zu gehen, war eine lustige Sache. Die alte Frau wußte so viel zu erzählen von allen Bäumen und Blumen des Waldes, es war immer, als blätterte sie Seite für Seite eines großen Bilderbuches um. An diesem Tage sagte Friede mit nachdenklicher Bewunderung: „Weißt du, Muhme, wenn du mir wirklich bei meiner Arbeit geholfen hättest, da wäre sie schon besser geworden. Ich glaube, niemand auf der ganzen Welt kann feiner erzählen als du."

Die Muhme lachte schelmisch: „Na, seh einer den Schmeichler an! Aber wer weiß, Friede, gar lernst du's auch noch mal. Aus einem Traumfriede kann schon ein Geschichtenerzähler werden. Doch nun flink, Kinder, sucht Pfifferlinge! Dort wachsen welche, und wenn ihr brav sucht, erzähle ich euch zum Schluß noch eine Geschichte. 's ist mir just eine eingefallen."

Flink suchten alle drei. Die Muhme fand Kräuter und die Kinder jedes ein Säcklein Pfifferlinge. Ganz stolz schaute Mariandel auf ihren Fund: „Das gibt ein Abendessen!" Ehe sie heimgingen, setzten sie sich noch alle drei am Waldrand nieder. Ein Baumstamm lag da, der kürzlich gefällt worden war, und auf dem noch mehr Buben und Mädel Platz gehabt hätten. Es war, als hätten das des Schulzen Kinder Jakob und Röse und Heine Peterle gewußt, sie kamen gerade von Niederheudorf heim, am Waldrand entlang. „Kommt her, Muhme Lenelies erzählt uns was," rief Friede. Das ließen sich die drei nicht zweimal sagen. Sie waren da, als hätte ein Windstoß sie hergeweht, und setzten sich auch auf den Baumstamm, Heine Peterle so einträchtig neben Friede, als hätten sie sich nie gestritten. Muhme Lenelies nickte: so war es recht, Bösesein und Unfrieden konnte sie nicht leiden, und mit einem kleinen lustigen Schelmenlachen begann sie die Geschichte vom unsichtbaren Kaspar zu erzählen.

Der unsichtbare Kaspar.
(Ein Märchen.)

Oben bei Berenbach, ein bißchen weiter in den Wald hinauf, stand, wie ihr wißt, vor Zeiten eine Burg. Jetzt ist nur noch ein kümmerliches Mauerrestchen davon da, früher aber war es eine stattliche Burg. Sie gehörte einem reichen Grafen, der rings im Lande noch viele Schlösser besaß. Auf der Burg wohnte er nur selten; sein Vogt, ein braver, schlichter Mann, bewohnte mit den Seinen darin etliche Zimmer. Des Vogtes einziger Bube hieß Kaspar. Das war ein Bube, der immer zu hundert Dingen Lust hatte, aber nie zur Arbeit, wie das ja manchmal bei Buben vorkommen soll. Am liebsten trieb er sich im Walde herum, immer mit dem heimlichen Wunsch, einmal ein Abenteuer zu erleben. Damals gab es noch Zwerge, Wichtlein, Waldweiblein und Nixen, und der Kaspar hätte zu gern mal so ein kleines, seltsames Männlein oder Weiblein gefangen. Und einmal, es war gerade am Johannistag, lief dem Buben wirklich so ein kleiner Wichtel in den Weg, und Kaspar ergriff ihn flink und hielt ihn fest, so sehr das Männlein auch zappelte und schrie. „Was willst du denn von mir?" rief der Wichtelmann böse, „laß mich doch gehen! Dummer Bube du, mit deinen groben Tatzen zerdrückst du mich ja!"

„Nä," sagte Kaspar, „los lasse ich dich nicht, erst mußt du mir was schenken. Meine Großmutter hat erzählt, die Wichtelleute wüßten Farnsamen zu finden, der unsichtbar machen soll; gib mir etwas davon."

„Meinetwegen," sagte der Wichtelmann, „den sollst du haben. Heute ist Johannisnacht, da werde ich welchen für dich suchen, morgen um diese Zeit kannst du ihn dir holen. Hier auf diesem Baumstumpf wird ein silbernes Döschen liegen, darin ist Farnsamen. Aber merke wohl, wenn du einem Menschen davon erzählst, verliert der Samen seine Kraft; solange du schweigst, kannst du dich immer unsichtbar machen, wenn du das Döschen bei dir trägst. So, nun laß mich los!"

Kaspar ließ das Wichtelmännlein los; er wußte, die kleinen Waldleute hielten, was sie versprachen. Am nächsten Tage konnte er es kaum erwarten, wieder in den Wald zu kommen. Endlich war es Zeit, und er rannte so geschwind in den Wald, als hätte er mit einem Hasen einen Wettlauf verabredet. Da war die Stelle, wo er gestern den Wichtelmann gefangen hatte, da der Baumstumpf, und richtig lag das silberne Döschen darauf. Kaspar nahm es, steckte es ein und rannte nicht minder geschwind heim; er mußte doch sehen, ob er wirklich unsichtbar war. Der Vogt war mit den beiden Knechten zur Heuernte ausgezogen, die Mutter war in der Waschküche mit den Schwestern, und nur die Magd kam gerade über den Hof, als Kaspar zurückkehrte. Geschwind stellte der sich im Haus auf und dachte: Ich will sie mal erschrecken. Die Magd trug einen Korb voll Holz, und mit kräftigem Schwung schüttete sie das Holz gerade dahin, wo Kaspar stand. „Au!" schrie der Bube, denn die dicken Buchenscheite waren ihm auf die Füße gefallen. „Na, wer schreit hier denn?" rief die Magd und sah sich erstaunt um. Da merkte Kaspar, daß er wirklich unsichtbar war. Er rieb sich sein Knie, das ganz wund gestoßen war, und humpelte nach der Waschküche; er gedachte nun den Schwestern einen Schabernack zu spielen, von der Magd hatte er vorläufig genug. Als er die Waschküche betrat, goß seine Mutter gerade das schmutzige

Waschwasser aus. Man machte das damals sehr einfach: schwapp! wurde es zur Türe hinausgeschüttet, es konnte ja dann, wenn es Lust hatte, den Burgberg hinunterlaufen. So ein voller Eimer Waschwasser traf nun gerade Kaspar; seine Mutter sah ihn ja nicht, und so bekam er das warme Seifenwasser über den Kopf. „Huhuhu!" heulte er.

„Der Kaspar schreit draußen," riefen seine Schwestern und schauten hinaus, erstaunt, daß der Bruder nicht da war.

„So ein Wildfang," sagte die ältere, „nichts als Dummheiten hat er im Kopf. Er könnte wahrlich schon dem Vater helfen."

„Ja, es ist schlimm mit ihm, er ist ein rechter Tunichtgut," erwiderte die jüngere.

Da lief Kaspar wütend fort; patschnaß war er, und gescholten wurde er auch noch, das ging ihm doch über den Spaß. Er legte sich in das Burggärtlein und schaute sich die Wolken an. Es sah ja niemand, daß er faulenzte.

Zum Abendessen kam er erst wieder. „Jetzt sollen sie einmal alle staunen," dachte er und nahm sich vor, sich eiligst die besten Bissen aus der Schüssel zu nehmen. Er setzte sich vergnügt auf seinen Platz. Der Vater sprach das Tischgebet und sagte dann: „Nehmt Kaspars Stuhl weg! Wer nicht zur rechten Zeit kommt, braucht nicht zu essen."

Schweigend nahm der Knecht Hermann den Stuhl mit dem unsichtbaren Kaspar und stellte ihn in eine Ecke. „Potzwetter, ist der Stuhl schwer," rief er verblüfft und schüttelte ihn ordentlich, da plumpste Kaspar ziemlich unsanft herunter. Alle sahen erstaunt auf. Was war das eben gewesen?

Kaspar stand wütend auf. Er hatte sich den Arm verrenkt, dazu war er noch immer naß, sein Bein tat ihm weh, und sein Magen knurrte gewaltig. An den Tisch wagte er sich nicht mehr, obgleich er sehr hungrig war. Er schlich sich hinaus, suchte sich ein Stück Brot in der Küche, und dann dachte er patzig: „Nun werde ich Hermann zur Strafe recht ärgern!" Er legte sich also in das Bett des Knechtes und schlief auch bald ein. So fest schlief er, daß er gar nicht hörte, als der Knecht in die Kammer kam, sich auszog und sich auch in das Bett legte. „Uff!" stöhnte Kaspar, denn Hermann hatte sich ihm gerade auf das Bäuchlein gelegt.

Hui, fuhr der Knecht empor. „Zum Kuckuck, was ist denn das hier?" schalt er. „Das schreit ja, und etwas liegt im Bett, und dabei seh' ich doch nichts!" Bums, drehte er sich rechts herum, bums, links herum, er puffte und stieß, und Kaspar flog jäh in einem weiten Bogen wie ein Federball zum Bett hinaus. Er rollte an die Kammertür, die flog auf, der Bube rollte hinaus, die Treppe hinunter, und auf einmal lag er jämmerlich zerschlagen und zerbleut im Hausflur.

Oben schrie der Knecht: „Hier spukt es im Hause!" Unten jammerten die Schwestern und die Magd, vom Hofe her tönte der Mutter Stimme: „Kaspar, Kaspar, wo bist du denn?"

Der blieb stumm, er dachte: „Wenn ich mich jetzt melde, muß ich alles erzählen, und erzählen darf ich nichts, sonst verliert der Farnsamen seine Kraft." Er seufzte tief, er fand es eigentlich ziemlich schwer, unsichtbar zu sein. „Es ist am besten, ich gehe in die weite Welt zu einem König. Vielleicht kann ich in eine Schatzkammer kommen und mir viel Geld holen," dachte er. Vorläufig kroch er in eine Scheune; dort schlief er, bis es Tag wurde, dann nahm er sich noch ein Stück Brot und wanderte ziemlich niedergeschlagen in die weite Welt hinaus.

Sehr unterhaltsam war es auf die Dauer wirklich nicht, unsichtbar zu sein, und manchmal hätte Kaspar gern sein Döschen fortgetan, aber er wagte es doch nicht, weil er dachte, es könnte ihm gestohlen werden. Am schwersten hielt es, etwas zu essen zu bekommen. Anfangs hatte Kaspar auch mal da, mal dort um ein Stück Brot gebeten, da waren die Leute immer schreiend davongelaufen, und natürlich hatte niemand daran gedacht, einem, der unsichtbar war, Brot zu geben. Dem Kaspar blieb nichts weiter übrig, als selbst in die Speisekammern der Hausfrauen zu gehen, um sich etwas zu holen. Das drückte ihn schwer. Er schämte sich recht und merkte sich immer die Häuser und dachte: „Ich zahle es später zurück!" Einmal ging er auch in ein Bauernhaus und betrat eine Kammer, weil er meinte, dies sei wohl die Speisekammer. Er war aber in eine Waschkammer geraten, und ehe er noch wieder hinaus konnte, wurde draußen zugeschlossen, und er mußte die ganze Nacht in der Kammer sitzen; es gab nicht einmal eine Bank, auf der er sich hätte richtig ausstrecken können.

Nach etlichen Wochen gelangte der Bub schließlich doch in die Königsstadt. Am Eingang der Stadt lag ein großes Kloster, wohlverwahrt wie eine Festung. „Hier will ich mich ausruhen," dachte Kaspar und schlüpfte neben einem Mönch in die Klosterküche. Ein guter Bratengeruch zog ihm entgegen. Das Kloster hatte vornehmen Besuch erhalten, und der Klosterkoch wollte zum Abendessen Ehre einlegen mit seiner Kochkunst. Am Spieß steckte ein saftiger Wildbraten, und in der Pfanne schmorten junge Hähnchen. Kaspar war nicht faul, er nahm eine Gabel, fuhr in die Pfanne, nahm sich ein Hähnchen heraus und setzte sich damit in eine Ecke.

Der Koch schlug die Hände über dem Kopf zusammen, als eine Gabel in seine Pfanne fuhr und ein gebratenes

Hähnchen durch die Luft flog, als wäre es ein lebender Sperling. Der brave Mann erhob ein so furchtbares Geschrei, daß Kaspar gewaltige Angst bekam und am liebsten durch das Fenster gesprungen wäre. Aber das war fest vergittert, und die Tür konnte der Bube nicht erreichen. Der Koch hatte einen Rußbesen genommen, stöberte damit in allen Ecken herum und brüllte: „Hinaus mit dem Teufel, hinaus mit dem Teufel!" Ritsch fuhr er Kaspar mit dem schwarzen Besen über das Gesicht und merkte es gar nicht. Nun drehte sich der Bube um, ritsch bekam er eins über die Jacke, und schließlich war er heilfroh, als es ihm endlich gelang, aus der Küche zu flüchten.

Draußen begegneten ihm sehr viele Mönche, die alle auf des Kochs Geschrei herbeikamen, und Kaspar flüchtete in seiner Verwirrung in die Bücherei des Klosters. Ganz still und niedergeschlagen kauerte er dort und knabberte an seinem Hühnchen herum, aber das wollte ihm trotz seines Hungers gar nicht recht schmecken. Und wieder, wie so manches Mal in den letzten Tagen, dachte der Bube sehnsüchtig: „Wäre ich doch daheim!"

Nach und nach verstummte der Lärm im Kloster, und dann ertönte das Abendgeläut fromm und feierlich. Das hörte Kaspar noch halb im Traum, dann schlief er fest in seinem Winkel ein. Er schlief bis zum nächsten Morgen, da schlich er sich leise zum Kloster hinaus, an einem Pilger vorbei, der gerade zur Rast einkehrte. Kaspar war zwar sehr hungrig, er wagte aber nirgends, in eine Küche oder Speisekammer einzudringen; noch zitterte er vor Angst, wenn er an den gestrigen Auftritt in der Klosterküche dachte. Er schlug den Weg nach dem Schloß ein, und unterwegs hörte er, daß heute ein großes Fest stattfinden sollte. Bald stand der Bube auch vor dem goldenen Schloßtor und staunte über die Pracht ringsum. Keine

Wache sah ihn, niemand hinderte ihn daran, in das Schloß hineinzugehen, trotzdem war es ihm sehr beklommen zumute, und immer, wenn jemand an ihm vorbeikam, drückte er sich an die Wand. Sein Büchslein mit Farnsamen hatte er in die Hand genommen und hielt es ängstlich fest, denn er hatte eine gewaltige Angst, er könnte es verlieren. Bei dem Herumwandern im Schloß kam er auch in den großen Festsaal. Heisa, riß er da die Augen auf, denn in dem Saal blinkte es nur so von Gold. Viele Diener liefen geschäftig hin und her, sie trugen goldenes und silbernes Geschirr herbei, wundervolle Torten und große Schalen, auf denen herrliche Früchte und andere leckere Sachen lagen. Dem Kaspar lief das Wasser im Munde zusammen. Am liebsten hätte er gleich eine ganze Torte aufgegessen, aber das wagte er doch nicht. Er schlich sich vorsichtig an eine Tafel heran und wollte sich heimlich ein paar Früchte nehmen. Doch o weh, die Schale geriet ins Wanken, sie wackelte hin und her, und dann purzelte sie mit großem Gepolter um, und alle köstlichen Früchte und Bonbons kollerten auf den Fußboden. Die Diener schalten einer auf den andern, er hätte die Schale schlecht hingestellt.

Kaspar hatte sich ängstlich in eine Ecke geflüchtet. Einen einzigen Apfel hatte er aufzuheben gewagt, er hielt ihn in der Hand und dachte bedrückt: „Wenn ich ihn esse, hören sie es vielleicht." Wie er nun so stand und sich ängstlich im Saale umschaute, fiel sein Blick auf den goldenen Baldachin über dem Platz des Königspaares. Wenn er dort oben säße, dann würde er sicher ganz ungestört das ganze Fest mit ansehen können. Er sah sich den Baldachin an und fand, daß es gar nicht so schwer war hinaufzukommen, und während sich die Diener noch gegenseitig stritten, kletterte er geschwind hinauf. Dabei verlor er aber seinen Apfel; das dröhnte ordentlich, als der herunterfiel und durch den ganzen Saal rollte. „Hier spukt es, o Himmel, hier spukt es!"

schrie der alte Haushofmeister. „Hier ist doch kein Apfelbaum, von dem die Äpfel herunterfallen können!"

„Nein, ein Apfelbaum ist wirklich nicht hier," sagte der Obertellerabwischer und drehte sich wie ein Kreisel auf seinen Absätzen herum, „ich sehe keinen."

„Seht doch nur, wie der Thronhimmel wackelt," schrie plötzlich der Obermesserputzer so laut, daß Kaspar beinahe von seinem hohen Sitz heruntergefallen wäre. Vor Schreck blieb er mucksstill sitzen, und als alle Diener hinaufsahen, wackelte der Baldachin nicht mehr. „Du hast geträumt, lieber Obermesserputzer," sagte der Obermesserbänkchenverwahrer spöttisch.

„Ich bin noch nicht so kurzsichtig wie du, der neulich einer echten Prinzessin nur ein silbernes Messerbänkchen hingelegt hat," höhnte der Obermesserputzer.

„Sputet euch, sputet euch!" schrie der Haushofmeister erschrocken, „in zwei Minuten kommt der König. Geschwind, geschwind! Oh, die Schande, wenn nicht alles zu rechter Zeit fertig ist!"

Da vergaßen der Obermesserputzer und der Obermesserbänkchenverwahrer ihren Streit, und alle rannten aufgeregt durcheinander, hierhin und dahin, – nach dem Thronhimmel sah niemand mehr. Darüber war Kaspar herzlich froh. Er setzte sich behaglich zurecht, und wenn er nur etwas zu essen gehabt hätte, dann wäre ihm die ganze Sache recht gemütlich gewesen. Er staunte aber und vergaß ein Weilchen allen Hunger, als endlich der König und die Königin mit ihrem ganzen Hofstaat und vielen edlen Gästen in den Saal zogen. Potzwetter, das war eine Pracht! Der König und die Königin trugen Kronen, die funkelten wie zwei Sonnen, und es war ein solches

Rauschen von Seide im Saal, ein solches Funkeln von edlen Steinen, daß dem Kaspar ordentlich Ohren und Augen weh taten. Das war doch eine andere Sache als das Erntefest daheim im Dorf! Neben dem König saß seine Tochter, eine wunderholde, liebliche Prinzessin, schön wie ein Frühlingsmorgen. An der konnte sich Kaspar gar nicht satt sehen. Ganz verwegen dachte er, die möchte ich mal heiraten; es hat doch schon mancher arme Bube später eine Prinzessin bekommen, warum soll es mir nicht gelingen? Darüber wurde er so lustig, daß er zu pfeifen begann. Unten an der Tafel sahen sich die edlen Herren und Frauen ganz erstaunt um, auch der König horchte auf. „Ist denn hier eine Amsel im Saal?"

„Nein, gewiß nicht," sagte der Haushofmeister und verbeugte sich ganz tief. „Ein Apfelbaum ist auch nicht im Saal, und doch ist vorhin ein Apfel durch die Luft geflogen."

„Ei, das spukt hier wohl?" rief der König. „Na, das wäre ja eine nette Sache, wenn es in unserm königlichen Speisesaal spuken sollte."

Die holde Prinzessin rief kichernd: „Ach, das wäre so schön! Ich habe mir schon immer gewünscht, einmal ein Gespenst zu sehen, und heute ist mein Geburtstag. Wenn doch gleich eins käme!"

„Nun, wenn heute ein Gespenst erscheint, dann schenke ich es dir," sagte der König lachend, und die Prinzessin klatschte in ihre schneeweißen Händchen und jubelte: „O wie freue ich mich, o wie freue ich mich!"

„Ich heirate sie ganz gewiß, sie gefällt mir zu gut," dachte Kaspar und beugte sich weit vor. Nein, wie gut das roch! Er schnupperte wie ein Mäuschen, das eine Speckschwarte riecht. Ach, der Bratenduft! Er spürte wieder gewaltigen Hunger, und sein Magen knurrte so laut, daß unten die Prinzessin rief: „Es ist ein Wolf im Saal, ich höre ihn knurren!"

„Nein, eine Katze schnurrt," sagte ein alter Graf, der Katzen nicht leiden konnte.

„Ich glaube, es ist ein Frosch, der quakt," flüsterte ein Hoffräulein zimperlich, vor Fröschen graulte sie sich sehr.

Inzwischen hatten zwei Diener eine mächtige goldene Schüssel voll Kompott gebracht, die stellten sie vor die Frau Königin hin. Kompott teilte diese immer selbst aus, es wurde sonst zu viel davon gegessen.

„Ach, wie fein!" dachte Kaspar. „Könnte ich doch mitessen!"

Das roch so köstlich wie ein großer Obstgarten und ein großer Zuckerladen dazu. Noch weiter beugte sich der Bube vor, und als die Königin dem Diener immer einen gefüllten Kompotteller nach dem andern reichte, da griff er unwillkürlich danach, und dabei rutschte ihm sein silbernes Döschen mit dem Farnsamen aus der Hand, und platsch fiel es in die goldene Kompottschüssel hinein.

Die Königin schrie laut auf: „Wo ist denn meine Schüssel hin?"

„Sie war doch eben da," sagte der König betroffen und setzte sich geschwind seine Brille auf. „Hm ja, liebe Frau, wo ist denn die Schüssel?"

Jeder schaute hin, niemand sah sie, denn weil nun der Farnsamen darin lag, war die Schüssel auf einmal unsichtbar geworden.

„Da oben sitzt das Gespenst, es sieht wie ein schmutziger Junge aus!" quiekte die Prinzessin mitten in alles Verwundern und Erstaunen hinein. Erschrocken sahen alle zum Thronhimmel hinauf, – da oben saß der nun nicht mehr unsichtbare Kaspar und heulte.

„Bist du ein Gespenst?" rief der König zürnend.

Der Bube heulte nur, er brachte vor Angst kein Wort heraus. „Holt ihn herunter!" gebot der König, und zwei Diener kletterten geschwind hinauf und brachten den zitternden Kaspar vor den König. Der sah ihn so böse an, daß der Bube dachte: „Nun werde ich gewiß ins Gefängnis geworfen!" Ach, es war jammervoll, und sein Büchschen lag in der Kompottschüssel, und sehen konnte er es nicht, weil ja die ganze Schüssel unsichtbar war.

„Bist du das Gespenst, das erst gepfiffen und dann geknurrt und jetzt die Kompottschüssel verzaubert hat?" fragte der König streng. „Und warum siehst du wie ein schmutziger Straßenjunge aus und spukst am hellen Tage in meinem Schloß herum? Gespenster dürfen doch nur in der Nacht erscheinen, und außerdem sehen sie weiß aus!"

„Halten zu Gnaden, mit Äpfeln hat es auch geschmissen," sagte der Haushofmeister.

„Ich – ich – bin – ja kein Gespenst, ich – bin ja der Kaspar," schluchzte der Bube. In seiner Herzensangst und Verzweiflung begann er die Geschichte von dem Farnsamen zu erzählen.

Als er von dem Geschenk des Wichtelmannes anfing, rief die Königin erstaunt: „Jetzt ist meine Kompottschüssel wieder da!" Da stand wirklich die Schüssel wieder breit und golden, halb gefüllt mit köstlichen Früchten auf dem Tisch –

das Farnsamenbüchslein hatte seine Kraft verloren. Kaspar jammerte laut und erzählte heulend von seiner Wanderung und all seinem Ungemach.

„Hm," sagte der König und legte ernsthaft sein Szepter an die Nasenspitze, „eigentlich müßte ich dich jetzt aufhängen, köpfen oder mindestens in das Gefängnis stecken lassen. Du bist ja ein heilloser Bube!"

„Ach bitte, bitte, lieber, guter Herzensvater, tu das nicht," flehte die Prinzessin, deren Herzchen voll Mitleid war. „Du hast mir doch das Gespenst zu meinem Geburtstag geschenkt, das gepfiffen und geknurrt hat."

„Aber mein liebes Kind, das ist doch ein Junge und kein Gespenst," sagte der König noch immer sehr ernst.

„Er hat aber doch gepfiffen und geknurrt," rief die Prinzessin, und dicke, dicke Tränen flossen über ihre Rosenwangen.

Dem König tat sein Kind leid, und weil nun doch einmal Geburtstag war, sagte er: „Na meinetwegen, entscheide du, was mit dem Buben werden soll."

„Willst du bei mir bleiben oder nach Hause gehen?" fragte die holdselige Prinzessin den Kaspar fröhlich.

„Heim," schluchzte der, „heim will ich, heim!"

„So lauf," rief die Prinzessin und klatschte in die Hände. Da lief der Kaspar wie gejagt zum Schloß hinaus, er fürchtete, sie köpften ihn vielleicht doch noch. Er rannte über die Straßen und Plätze, am Kloster vorbei, bis er draußen im Walde war; da fiel er um vor Müdigkeit und Hunger und schlief bums ein.

Es war eine beschwerliche Wanderung für den Buben. Um ein Stückchen Brot mußte er oftmals lange bitten, nichts bekam er als Brot und Wasser; die Schuhe hatte er sich auch schon durchgelaufen, und seine Füße wurden wund, und ganz krank und elend kam er eines Tages wieder daheim an.

Im Abendsonnenglanz sah er die Heimat vor sich liegen, und sie kam ihm viel, viel schöner vor als die weite Welt da draußen. Weil der Kaspar nun nicht mehr unsichtbar war, erblickten ihn gleich seine Schwestern. Die riefen laut über den Burghof: „Unser Kaspar ist wieder da!"

Der Bube mußte nun seine Erlebnisse erzählen, und der Vater meinte, eigentlich hätte er tüchtige Prügel verdient, er hätte aber wohl schon Strafe genug gehabt, darum sollte ihm verziehen sein. Die Mutter nahm ihren Buben in die Arme und sagte nur leise: „Ich habe so viel um dich geweint!"

Dieses Wort tat dem Kaspar weher als aller Hunger, alle Schmerzen und alle Angst, und er gelobte sich still im Herzen, den Eltern fortan ein guter Sohn zu sein. Das hat er auch gehalten. Er hat auch nie wieder in seinem Leben einen Wichtelmann gesehen und gefangen, nur manchmal, wenn er Beeren oder Reisig im Walde suchte, dann hörte er ein leises, leises Kichern; das waren die Geistlein, die ihn auslachten. Mitunter rief auch wohl neckend ein feines Stimmlein: „Willst du wieder Farnsamen? Willst du wieder unsichtbar sein?"

Dafür aber bedankte sich der Kaspar sehr, er dachte: „Einmal und nicht wieder!"

Traumfriedes Glück.

Eines schönen Tages, als sich der Sommer gerade wieder in vollem Behagen in seinem Reich umsah, erblickte er plötzlich den Herbst, der in seinem rotgoldenen Prachtkleid einhergewandert kam. Schnell küßte da der Sommer noch einmal seine Lieblinge, die Rosen, daß sie wieder aufblühten wie im Juni, und dann zog er, große Rosensträuße in den Händen tragend, von den Höhen herab, aus den Tälern heraus, dem heißen Süden zu.

Der Herbst trat seine Herrschaft an. Zu seinem Empfang blühten in den Gärten Astern und dicke Georginen auf, die Herbstzeitlosen standen blaß und zart auf den Wiesen, und Äpfel, Birnen und Pflaumen bekamen große Lust, von den Bäumen herab ins Gras zu fallen.

Für die Oberheudorfer Kinder war das eine vergnügliche Zeit. Jedes Haus hatte sein Gärtchen, jedes Gärtchen hatte seine Obstbäume, und auf der Landstraße nach Niederheudorf standen die Pflaumenbäume wie Soldaten. Sie hingen so voll, daß niemand schalt, wenn sich die Buben und Mädel die herabgefallenen Früchte auflasen. Am Buchberg waren die Haselnüsse reif; die Kinder zogen miteinander zur Nußernte hinaus, was freilich die Eichkätzchen im Walde höchst überflüssig fanden. So ein alter Eichkatzenonkel sagte einmal ingrimmig: „Was die Oberheudorfer Buben und Mädel futtern können, das ist unglaublich. Ob andere Kinder wohl auch so gern etwas

Gutes essen?"

An einem dieser reichen, schönen Herbsttage, an dem der
Himmel so klar und blau war wie ein einziger großer
Saphir, gingen Muhme Lenelies und Traumfriede nach
Schloß Friedheim. Die Frau Gräfin hatte sagen lassen, sie
möchten beide an diesem Nachmittag zu ihr kommen. Sie
wußten beide nicht, warum, und sie waren beide ein wenig
unruhig. „Vielleicht hat sie Friedes Arbeit gelesen und will
ihm etwas sagen," dachte die Muhme, und der Bube hatte
den gleichen Gedanken, nur meinte er, loben würde ihn die
Frau Gräfin sicher nicht. Ziemlich bedrückt ging er hinter
der Muhme her, als ein Diener beide in ein großes Zimmer
ließ. „Gib mir ein Küßchen, gib mir ein Küßchen!" tönte
ihnen gleich eine schrille Stimme entgegen, und Muhme
Lenelies sagte lachend: „Nä, das ist richtig wieder der
verrückte Vogel!"

„Der Papagei!" jubelte Friede, der alle Scheu vergaß.
Bewundernd schaute er den bunten Vogel an. „Wie schön er
ist!"

„Meine Mimi ist mir lieber," sagte Muhme Lenelies, an
ihre lustige kleine Amsel denkend. „Das möchte ich nicht, so
'n Vogel, der mich jeden Tag um einen Kuß bittet."

„Schafskopp, Schafskopp," schnarrte der Papagei so laut,
daß die Muhme ordentlich erschrak.

„Mal schimpft er, mal will er 'n Kuß, das wäre mir zu
unruhig," sagte die Muhme. „Aber nun pass' auf, Friede,
dort durch die Türe kommt die Frau Gräfin."

„Diesmal kommt sie durch eine andere Türe," sagte die
Gräfin lachend, die von einer großen Veranda aus das
Zimmer betrat. Sie reichte der alten Frau und Friede

freundlich die Hand und führte beide hinaus auf die Veranda. Dort saßen der Graf, der Pfarrer von Oberheudorf und Friedes geliebter Herr Lehrer. Dem Buben wurde es ganz seltsam feierlich zumute, denn die drei Herren sahen ihn so ernsthaft prüfend an, und geschwind überlegte er, was er alles in der letzten Zeit getan hatte, und atmete erleichtert auf, als ihm kein sonderliches Unrecht einfiel; in der Schule hatte er nur gute Nummern gehabt, das war ihm ein Trost.

Dann sprach der Herr Graf zu ihm. Friede hörte es, aber doch meinte er, der Graf sagte das alles zu einem andern Buben, ihn konnte er doch nicht meinen. Ihm konnte er doch nicht sagen, daß er in die Stadt kommen sollte auf eine Schule, auf der er viel, viel mehr lernen müßte, und daß er dann später einmal auch ein Pfarrer, ein Lehrer oder sonst ein gelehrter Mann werden könnte. Nein, sicher, das galt nicht ihm, dem armen Waisenjungen, der noch vor einem Jahr der jämmerlichste, schmutzigste Bube von Oberheudorf gewesen war.

Doch da rief Muhme Lenelies: „Lieber Gott, das Glück! So gut soll's mal mein Friede haben, mein Junge! Nä, wo soll ich nur da zu danken anfangen!"

Nun wagte Friede erst aufzusehen. Er sah, wie ihn alle freundlich anschauten, sah, wie der Herr Lehrer ihm ermunternd zunickte, und da wurde es ihm erst zur Gewißheit, daß er wirklich der Bube sein sollte, dem ein so großes Glück geboten wurde.

Lernen sollte er dürfen, soviel er mochte. Schon der Vater des Grafen hatte eine Stiftung für arme begabte Knaben gemacht. Seit vielen Jahren aber hatte kein Oberheudorfer Bube Lust gehabt, etwas anderes als ein tüchtiger Bauer zu werden. Einmal war einer zur See gegangen, und ein anderer war Tischler geworden, das bestimmte Geld aber hatte keiner verstudiert. Nun war so viel da, daß Friede in einer Stadt lernen und studieren konnte. „Bis Ostern sollst du noch bei Muhme Lenelies bleiben," sagte der Graf, „der Herr Lehrer will dich besonders unterrichten, zu Ostern sollst du dann in die Stadt kommen."

„In die Stadt!" Plötzlich durchfuhr es Friede: dann mußte er doch von Muhme Lenelies fort, mußte seine Pflegemutter verlassen. Erschrocken sah er zu der Muhme auf, sah in das gute, freundliche Gesicht, und die Stunde fiel ihm ein, in der die Muhme ihn in all ihrer Armut in ihr Haus genommen hatte, fort von dem harten, geizigen Kohlbauern, und an den Winter dachte er, an die Krankheit der Muhme, und wie oft sie da sagte: „Wie gut, mein Friede, daß ich dich habe!"

Traumfriede senkte den Kopf, und ganz leise sagte er: „Das geht nicht."

„Schafskopp, Schafskopp," kreischte drinnen im Zimmer der Papagei, und der Graf sah den Buben ärgerlich an. „Hör mal, unsere Lola scheint recht zu haben. Was ist denn das für eine dumme Rede: Es geht nicht?"

Es ging Friede wieder wie damals auf der Dorfstraße, als seine Kameraden ihn einen Abschreiber genannt hatten: er fand jetzt plötzlich den Mut zu sprechen. Er richtete sich auf und sah mit seinen klaren, blauen Augen den Grafen an und antwortete: „Ich kann doch Muhme Lenelies nicht verlassen! Nein, das geht nicht! Wenn sie wieder krank wird – sie hat niemand – nein – nein, ich will immer bei ihr bleiben." Und rasch trat Friede neben die alte Frau und sah diese treuherzig an. Muhme Lenelies legte ihren Arm um den Buben und sagte, und in ihrer Stimme klang es wie heimliches Lachen und heimliches Weinen: „Nä, mein Friede, da sage ich nun, das geht nicht. Du mußt in die

Stadt und lernen. Es ist ein großes, großes Glück für dich, daß der Herr Graf für dich sorgen will, dafür wollen wir beide von Herzen dankbar sein. Daß du hast bei mir bleiben wollen, das, Friede, werde ich nie vergessen, das ist akkrat so, als hättest du mir ein großes Schloß, ach, noch viel mehr geschenkt. Aber fort mußt du, da hilft nun nichts."

„Es gibt ja auch Ferien," sagte der Lehrer freundlich.

„Nu richtig!" rief die Muhme. „Nä, Friede, wird das schön, wenn du dann heimkommst! Du meine Güte, ich freu' mich jetzt schon auf die Ferien wie Faulpelze, die's auch immer nicht erwarten können. Ich mache dann auch Striche in meinem Kalender und zähle die Tage, bis Ferien sind."

Die Gräfin und die drei Herren lachten laut über die große Ferienfreude der Muhme. Der Graf gab Friede die Hand und sagte freundlich: „Also, mein Junge, es geht doch; was die Muhme sagt, muß geschehen. Da heißt es folgen. Wirst du nun auch fleißig sein?"

„Ja," rief Friede so fest und froh, daß seine Beschützer wußten, der Bube würde wirklich ein guter Schüler werden.

Nun mußten Muhme Lenelies und Friede noch Kaffee trinken und Kuchen essen, aber so gut alles war, die beiden konnten vor Freude kaum essen. Es kam ihnen beiden vor, als träumten sie einen schönen Traum, als wären sie ins Märchenland gekommen, und noch als sie schon heimwärts gingen, sagte die Muhme: „Friede, Friede, ich kann's noch gar nicht fassen, du sollst in die Stadt, sollst ein gelehrter Herr werden!"

„In den Ferien darf ich aber immer, immer zu dir kommen?" bat Friede, dem der Gedanke an den Abschied von seiner treuen Pflegemutter, trotz aller Freude, bitter schwer auf dem Herzen lag.

Muhme Lenelies nickte nur und blieb stehen. Sie waren jetzt beide auf der Höhe des Weges angekommen und sahen unten ein wenig im Tal Oberheudorf liegen. Wie Küchlein an die Henne, so kuschelten sich die Häuser behaglich an die kleine, weiße Kirche an, und die herbstlich gefärbten Bäume standen im goldenen Kranz um das Dorf herum. In der Luft aber war ein seltsames Schwirren und Tönen: große Scharen von Zugvögeln flogen über Dorf und Wald dem fernen Süden zu. „Sie fliegen fort und kommen wieder, denn hier ist ihre Heimat," sagte Muhme Lenelies nachdenklich. „Schau, Friede, so soll es dir auch gehen; du sollst wegziehen und wiederkommen, und was auch aus dir wird, Oberheudorf soll immer deine Heimat bleiben, trag sie immer im Herzen."

Friede nickte und sagte leise und andächtig, wie ein Gelöbnis klang es: „Immer."

„Da sind sie, da sind sie!" brüllte es in diesem Augenblick los. Vom Walde her kamen Buben und Mädel, alle mit Körben, Töpfen und Säckchen, sie hatten Waldernte gehalten und Beeren, Pilze und Tannenzapfen gesucht. Dabei hatten sie Leberecht Sperling getroffen, und der hatte sie erst angebrummt und ihnen dann erzählt, Muhme Lenelies und Friede wären von der Frau Gräfin zu Kaffee und Kuchen eingeladen worden. „Ist das wahr, ist das wahr?" schrieen sie alle durcheinander. „Hat's viel Kuchen gegeben? War der Papagei da? Was hat er gesagt?"

Muhme Lenelies nickte: „Na ja, Kaffee und Kuchen gab's schon, aber noch was viel Besseres." Nun erzählte sie den Kindern von Friedes Glück, und die rissen Mund und Augen auf. In die Stadt sollte Friede und ein gelehrter Herr werden; so etwas war ja noch gar nicht dagewesen! Heine

Peterle fuhr sich durch sein Strubbelhaar und murmelte: „Das möchte mir nicht gefallen, nä, – na überhaupt die Stadt! Geh nicht hin, Friede, da ist's dumm!"

Schulzens Jakob aber sagte nachdenklich: „Nachher wirst du gar nichts mehr von uns wissen wollen."

„Dafür hättest du nun was auf deinen Schnabel verdient," rief Muhme Lenelies ärgerlich. „So ein albernes Gerede! Seine Heimat und seine alten Freunde vergißt man nicht in der Fremde, merk dir das, Jakob. Wer das tut, der ist gar nicht wert, so eine schöne Heimat wie Oberheudorf zu haben!"

„Gibt's in der Stadt auch Ferien?" flüsterte Waldbauers Mariandel und ergriff Friedes Hand.

„Freilich gibt's Ferien," sagte Muhme Lenelies, die die Frage gehört hatte, „und dann besucht uns Friede allemal. Aber nun kommt heim, die Sonne geht unter!"

Die gute Sonne hatte wirklich schon die rosenroten Vorhänge ihres Wolkenbettes zugezogen; nur ein wenig, blinzelte sie noch hervor und grüßte mit einem letzten Scheinen und Glänzen die Heimkehrenden. Sie warf noch etwas strahlendes Licht über das Dorf, daß alle Fensterscheiben wie Diamanten blitzten und auf allen Dächern ein Rosenschimmer lag.

Die Kinder schwatzten und lachten, schmiedeten Zukunftspläne und bauten turmhohe Luftschlösser. Nur Friede und Mariandel schwiegen und schauten versonnen auf das Dorf, das so schön und friedlich im Abendschein vor ihnen lag. Das Bild grub sich Friede fest ins Herz und nahm es später mit in die Fremde. Er trug fortan seine Heimat im Herzen, wie Muhme Lenelies gesagt hatte.

Anmerkungen zur Transkription:

Das Original ist in Fraktur gesetzt.

Abbildungen wurden aus der Mitte von Absätzen zum Anfang bzw. Ende derselben verschoben.

Das Format der Abbildungsunterschriften wurde vereinheitlicht.

Das Deckblatt wurde von einem Freiwilligen der Distributed Proofreaders erstellt, der es der Public Domain nach US-amerikanischem Recht zugeordnet hat.

Schreibweise und Interpunktion des Originaltextes wurden übernommen; lediglich offensichtliche Druckfehler wurden korrigiert.

Beibehalten wurde:

Einige Ausdrücke wurden in beiden Schreibweisen übernommen:

- Bäurin (Seiten 19 und 22) und Bäuerin (15fach verschiedene Seiten)
- Eurem (Seite 51 2fach) und Euerm (Seite 75)
- Himmelblauen Ente (Seiten 111 und 153) himmelblauen Ente (Seiten 19, 85, 103, 115 und 118)
- Waldbauernhof (Seite 207) und Waldbauern-Hof (Seite 21)

Folgende offensichtliche Druckfehler wurden korrigiert:

- geändert wurde "guten, weißen Betttüchern seien vom"
  in
  "guten, weißen Bettüchern seien vom" (Seite 34)
- geändert wurde "Hans Rumpf sah auch die Holzpantoffel an,"
  in
  "Hans Rumps sah auch die Holzpantoffel an," (Seite 98)
- geändert wurde "sie die himmelblaue Ente umreißen."
  in

"sie die „himmelblaue Ente"
umreißen." (Seite 116)

- geändert wurde "Dorf in
  Feuersbrunst und
  Wassergegefahr
  zusammenschreien."
  in
  "Dorf in Feuersbrunst und
  Wassergefahr
  zusammenschreien." (Seite
  117)
- geändert wurde "Feuersbrunst
  und Wassergegefahr
  zusammenschreien. Der"
  in
  "Feuersbrunst und
  Wassergefahr
  zusammenschreien. Der"
  (Seite 117)
- geändert wurde "vor der
  himmelblauen Ente auf und"
  in
  "vor der „himmelblauen Ente"
  auf und" (Seite 118)
- geändert wurde "neben dem
  Königstron stehen ganz still"
  in
  "neben dem Königsthron
  stehen ganz still" (Seite 123)
- geändert wurde "darum gan
  uznzufrieden, als die Muhme"
  in
  "darum ganz unzufrieden, als
  die Muhme" (Seite 132)
- geändert wurde "Annchen

raste, Trudel raste, und so"
in
"Annchen raste, Trude raste,
und so" (Seite 155)

- geändert wurde "Annchen
  und Trudel waren heilfroh,
  daß"
  in
  "Annchen und Trude waren
  heilfroh, daß" (Seite 162)
- geändert wurde "fuhr sie
  klagend fort, hat er sich noch
  umgedreht und gerufen:
  ,„Besser wär's, wenn gar
  keine Bahn herkäme!'""
  in
  "fuhr sie klagend fort, „hat er
  sich noch umgedreht und
  gerufen: ,Besser wär's, wenn
  gar keine Bahn herkäme!'""
  (Seite 174)
- geändert wurde "Schwatzend,
  lärmend, Mußbrote
  schmausend, sehr aufgeregt"
  in
  "Schwatzend, lärmend,
  Musbrote schmausend, sehr
  aufgeregt" (Seite 190)
- geändert wurde "„Der Bube
  aber war"
  in
  "Der Bube aber war" (Seite
  203)